가난과 은둔의 현자 호라티우스

위대한
순 간
009

가난과 은둔의 현자 호라티우스

김남우 지음

문학동네

'위대한 순간' 총서를 펴내며

'위대한 순간'은 문학동네와 연세대학교 인문학연구원이 함께 펴내는 새로운 인문교양 총서다. 이 총서는 문학, 역사, 철학 분야에서 중요한 이정표가 되는 인물이나 사건을 현재적 관점에서 새롭게 조명해보자는 취지에서 출발했다. '지금 여기'의 생동하는 삶에 지혜가 되지 못하는 지식은 공허하다. 우리는 한 사회의 개인이나 사건의 특수성이 역사와 맞물려 보편성을 획득하는 의미 있는 정점을 '위대한 순간'이라 명하고, 그것이 과거의 유산에 머물지 않고 지금까지도 지대한 영향을 미치면서 여전히 '위대한 순간'으로 남을 수밖에 없는 이유를 면밀히 추적하고자 한다. 이를 통해 과거의 빛나던 순간들의 의미를 독자들과 함께 음미하고, 다가올 시간을 위대한 순간으로 빚을 수 있는 인문정신의 토양을 일구고자 한다.

오늘날 인문학은 스스로 자신의 존재이유를 입증하지 않는 한 도태와 쇠퇴로부터 자유로울 수 없다. 한국사회에 비판적 '교양'이 설 자리를 마련하고 이를 통해 인간다움을 복원시킬 문화적 자양분을 제공하지 않는다면 인문학뿐 아니라 우리의 사회 또한 척박한 내일과 조우하게 될 것이다. '위대한 순간'은 우리 모두가 이러한 위기를 슬기롭게 극복할 수 있도록 '즐거운 학문'의 장을 열고

자 한다. 상아탑에 갇힌 학문이 모두를 이롭게 하는 복음이 될 때 '즐거운' 학문이 될 수 있다는 판단하에 전문성과 대중성의 조화로운 통합을 시도했다. 또한 연세대학교 인문학연구원의 풍부한 연구진과 국내 학계의 훌륭한 저자들을 두루 포섭하여 주제를 다양화하고 내용의 폭을 넓혔다.

인문학의 기초를 다지고 싶은 이들, 인문학에 관심은 있으나 입구를 찾지 못한 사람들에게 '위대한 순간'은 좋은 길잡이가 될 것이다. 각기 다른 위대한 순간들을 한 순간씩 맛보다보면 어느 순간 인문학을 아는 것에서 한 걸음 더 나아가 인문학을 실천하는 자신을 발견하게 되리라 믿는다. '위대한 순간'들을 탐사하는 이 지적 여행에 많은 독자들이 함께하기를.

연세대학교 인문학연구원

일러두기

1. 라틴어와 희랍어 원문으로 표기된 인명, 지명 등은 저자의 요청에 따라 현지 발음을 최대한 살려 표기했다. 그 외의 외래어는 국립국어원의 외래어표기법을 따랐다.
2. 미주에 표기된 출처들은 인물, 연도 등으로 간략히 표기하고, 참고문헌에 세부사항을 명기했다.
3. 강조는 고딕으로 표기했다.

이 책에 실린 글들은 주로 2017년 이후 2~3년에 걸쳐 쓰인 글을 주제에 맞게 개고한 것들이다. 소위 '시인-교육자론'을 호라티우스를 통해 검토한다는 한 가지 생각으로 여기에 묶어보았다. 읽어주고 토론해준 동료 연구자들에게 감사의 마음을 전한다. 따로 놀던 글들을 모아 낼 수 있는 기회를 준 연세대학교 인문학연구원과 연구원장님들께 감사를 전한다. 편집을 위해 애써준 출판사 문학동네와 김영옥 팀장님과 이경록 편집자께도 감사드린다. 특히 대부분의 글들을 논평해주신 이종숙 선생님께는 평생 갚지 못할 빚으로 남을 은혜를 입었다.

차 례

머리말

로마 시인 호라티우스

아우구스투스는 기원전 17년 로마 건국 700년을 기념하여 백년제*ludi saeculares*를 거행한다. 건국 원년을 기원전 753년으로 잡는다면 건국 700년의 기념행사는 진작 개최되었어야 했지만, 로마 내전으로 인해 늦어졌다. 사실 백년제가 매번 제때 거행된 것도 아니었다. 기록에 따르면, 첫번째 백년제 행사는 건국 500년을 기념하여 기원전 249년에, 두번째 행사는 건국 600년을 기념하여 기원전 146년에 거행되었다.

기원전의 마지막 백년제가 거행되기 10년 전인 기원전 27년에 원로원은 카이사르의 상속자 옥타비아누스에게 아우구스투스라는 명예의 칭호를 부여한다. 더불어 참나무 시민관을 아우구스투스의 머리에 씌워준다. 이는 전쟁터에서 동료 시민을 구한 용감한 병사에게 수여하던 화관이다. 평화를 되찾지 못했다면 희생되었을 로마 시민들의 생명을 아우구스투스가 구한 셈이라는 뜻이다. 기원전 31년 악티움해전의 승리로 내전은 종식되었다. 이제 아우구스투스에게는 안녕과 번영이 시작되고 영원한 평화가 이어질 것을 상징적으로 과시하고 선포하는 행사가 필요했다. 이것이 늦게나마 백년제를 성대하게 치르기로 한 이유다.

아우구스투스의 백년제를 기록한 비문이 1890년에 로마에서 발견되었다. 이탈리아 정부는 비문의 해독을 당대의 대학자 테오도르 몸젠에게 맡겼고, 80세를 넘긴 고령의 몸젠은 1899년에 비문을 출판했다. 이 비문에 따르면, 아우구스투스는 직접 축제를 챙겼고 그의 생각을 실행할 15인의 준비위원회를 출범시켰다. 백년제 기념 찬가를 짓도록 시인이 지명되었고, 찬가가 준비되면서 찬가를 부를 합창대 소년 소녀들이 선발되었으며, 선발된 합창대의 연습도 곧 시작되었다. 축제 일정은 기원전 17년 5월 31일 전야제로 시작하여 6월 3일 낮에 팔라티움 언덕에서 소년 소녀 합창대의 기념 찬가 공연으로 마무리되도록 짜였다. 소년 소녀 합창대가 부르는 찬가는 사흘 동안 진행된 축제의 대미를 장식하는 축제의 절정이기도 했다. 노랫소리가 울려퍼지는 팔라티움 언덕의 아폴로 신전 위로 한낮의 태양이 지나가며 찬란한 빛으로 합창대를 비춘다. 수많은 로마 시민이 그곳에서 이 광경을 지켜보았다. 어둠을 몰아내고 환한 아침을 연 태양신의 마차는 바로 이 순간 울려퍼지는 평화와 번영의 합창과 염원 속에서 시민들에게 화합의 영원한 질주를 약속하듯 힘차게 달려간다.

기원전 19년 9월 어느 날, 병에 걸린 시인 베르길리우스는 사경을 헤매며 브룬디시움 항구에 입항했다. 시인은 그리스와 아시아를 둘러보고 이탈리아로 돌아오는 길이었다. 그리고 이탈리아 남동부의 항구에서 9월 21일 병을 이겨내지 못하고 생을 마감했다. 만약 베르길리우스가 살아 있었다면 아우구스투스의 선택은 달랐을 것이다. 하지만 베르길리우스가 세상을 떠난 지금, 축제 주관자에게 남은 선택지는 하나였다. 아우구스투스는 백년제 기념 찬가를 짓고 합창대 지휘를 맡을 시인을 달리 찾을 수 없었다. 내전의 쓰라린 과거와 단절하고 새로운 평화 시대의 개막을 알리는 막중한 책임을 아우구스투스는 시인 호라티우스에게 위임했다.

아우구스투스가 선택한 시인 호라티우스는 기원전 65년에 이탈리아 남부의 베누시아*Venusia*라는 곳에서 태어났다. 아풀리아 지방과 루카니아 지방의 경계에 위치한 마을로, 남쪽으로는 브룬디시움 항구, 북쪽으로는 로마로 이어지는 아피우스 대로가 근처를 지나는 동네였다. 베르길리우스처럼 호라티우스도 기원전 1세기 로마의 내전을 겪고 전쟁의 함성을 들으며 자란 세대였다.

비파의 시인 호라티우스는 기원전 23년에 88편의 서정시를 하나로 묶어 세상에 내놓는다. 출판업자는 소시우스 형제였을지도 모른다.[1] 우리가 초기 서정시라고 부르는 이 책은 다시 3권으로 나뉘는데, 제1권에 38편, 제2권에 20편, 제3권에 30편이 실렸다. 각 시편이 어떻게 구분되고 분류된 것인지는 분명하지 않다. 주제나 운율, 배경 등 어떤 기준으로도 뚜렷한 특징이 드러나지 않는다. 한참을 쉬고 출판된 두번째 시집은 15편을 담고 있는데,

마르스와 베누스, Casa di Marte e Venere, Pompeii

기원전 13년경에 한 권으로 출판된다. 우리는 이를 후기 서정시라고 부른다. 이 시집들과 별개로 합창시 「백년제 찬가」가 전해진다.

가벼운 비파의 노래들 88편의 주요 배경은 당대 최고의 거물 마에케나스가 시인에게 선물한 사비눔*Sabinum* 농장이었다. 로마에서 북서쪽으로 40킬로미터쯤 떨어진 사비눔 산지에 위치하기 때문에 흔히 '사비눔'이라고 불렸던 호라티우스의 농장은 오늘날 리첸차 근처의 비코바로라는 동네에서 발굴되었다. 당시에

디겐티아[2]라고 불리던 개천이 시인의 사비눔 농장을 앞을 지나 갔는데, 개천은 다시 아니오강으로 흘러들었다. 아니오강은 로마를 관통하는 티베리스강의 대표적 지류였다. 사비눔 산지의 절경이라고 할 루크레틸리스산[3]이 호라티우스의 농장 근처에 있었다. 유리알보다 맑고 달콤한 물이 흘러넘치는 반두시아*Bandusia* 샘은 원래 아풀리아 지방과 호라티우스의 고향 마을 베누시아의 샘이었는데, 마치 시킬리아의 아레투사 샘처럼 고향 땅을 떠나 루크레틸리스 산자락에서 솟아올랐다.[4] 최근에 이렇게 결론 내리고 이렇게 믿기까지, 이미 15세기부터 사람들은 호라티우스가 노래한 행복의 땅 사비눔이 어디일까를 추측해왔다.[5]

"지혜는 바른 글쓰기의 시작이며 원천입니다."[6] 노년의 호라티우스는 『시학』에서 시 문학의 시작과 원천을 이렇게 정리했다. 글자가 도구가 되면서 문학*litterae* 이 되었지만, 시는 글과 언어와 논리를 넘어선 무엇이고, 문학은 언어와 논리로 포착되지 않은 구전 시대의 지혜에 닿아 있다. 문학을 상징하는 무사*Musai* 여신들을 므네모쉬네, 다시 말해 '기억'의 따님들이라고, 우주만물의 질서와 탄생을 노래한 그리스 시인은 말해주었다.[7] '과거와 현재와 미래'를 기억하는 여신의 따님들, 무사 여신들이 인간에게 선사한 "사랑스러운 선물"[8]은 불의를 응징하는 곧은 판결이 되고, 슬픔을 잊게 하는 달콤한 노래가 되었다. 기억은 현명한 판단의 기준이 되고, 인간이 행복한 삶에 이르는 데 필요한 지혜가 된다. 아킬레우스를 설득하라는 심부름을 맡아온 노인 포이닉스는 두 개의 옛 기억을 상기시키는데, 하나는 어린 아킬레우스와의 추억이며 다른 하나는 선대의 모범적 선례였다. 비록 설득은 실

패로 끝났지만, 포이닉스는 아킬레우스에게 상기를 통해 현명한 판단과 지혜로운 처신을 촉구했다.[9]

시는 근원적으로 지혜가 담긴 그릇이다. 이오니아 계몽주의의 역사는 탈脫신화의 미명 아래 시를 부정했고, 역사와 철학을 그 대체물로 찾아냈다. 역사는 인간의 거대하고 놀라운 일인바 전쟁을 기록했고, 인간들의 크고 작은 도시들을 탐구했고, 그럼으로써 시인에게 도전했다. 헤로도토스는 인간 세계에서 일어난 일들이 지워지거나 잊히지 않도록 이를 기록했다. 헤로도토스를 이은 아테나이인은 그의 기록이 '영원한 재산'이 되리라고 확신했다. 가장 위대한 철학자의 제자 플라톤은 소크라테스의 위대함을 역설적으로 '아무것도 알지 못함의 앎'에서 찾았다. 사실 이는 아폴로의 신탁이었다. 시 문학을 밀어내려 했던 계몽주의 시대의 우울한 단면이었다. '인간이 보여준 일이란 모두 잊히기 마련이다'라는 순리를 역사가도 철학자도 거스를 수는 없었다.

아폴로의 역설은 기억의 운문을 무대 뒤로 밀어낸 기록의 산문이 처한 막다른 길, 도전했던 지혜는 결국 기록의 산문에게 열리지 않는 길임을 세상에 알렸다. 유죄판결을 받고 사형 집행을 기다리던 위대한 철학자는 이제 죽은 시인들의 영토로 떠나게 되었다고 말하며 친구들을 위로할 뿐이었다. 에우리피데스와 소포클레스도 진작 세상을 떠나고 없었다. 프톨레마이오스의 이집트에 세워진 도서관에 학자 시인들이 나타나 기억의 운문을 수집하고 편집하고 편찬하면서, 다시 시와 문학이 부활하는 기운을 보았지만 이내 다시 흩어져버렸다. 그리하여 "헬리콘산의 그늘진 숲 속에서 혹은 핀두스산 혹은 찬바람의 하이무스산에서"[10]

쿠피도와 칠현금, Herculaneum

사라진 무사 여신들이 다시 모습을 나타낸 곳은, "미천한 신분으로 태어나 아이올리아의 노래를 처음으로 이탈리아 운율에 맞춰 불렀다"[11]고 사람들이 이야기하는 시인 호라티우스의 땅 사비눔이었다.

기원전 1세기, 흔히 아우구스투스 시대라고 불리는 시대를 살았던 호라티우스의 작품 활동은 문학 분류에 따라 크게 풍자시,

서정시, 서간시로 나뉘며, 그의 활동 시기도 동일한 순서를 따른다. 호라티우스는 서사시 운율로만 글을 남긴 베르길리우스나 오비디우스 등 아우구스투스 시대의 다른 시인들과 확연히 다르게 폭넓은 변화를 시도했다.[12] 호라티우스는 풍자시와 서간시에서 서사시 운율을 채택하고 있지만, 서정시에서는 아스클레피아데스 운율, 사포 운율, 알카이오스 운율 등 줄잡아 13종의 서정시 운율이 사용되었다. 이렇게 "운율에 밝은" 호라티우스가 남긴 다양한 문학류의 작품들을 통일적으로 해석하는 열쇠는 시인이 우리에게 들려주는 행복의 지혜다. 또한 행복의 지혜를 전하는 사람이라는 시인의 자의식도 그의 문학 전체를 관통한다.

아우구스투스의 조력자로서 당대 최고의 권세가였던 마에케나스는 첫 풍자시집을 출간한 이듬해인 기원전 34년 호라티우스에게 사비눔 농장을 선물한다. 행복을 다룬 첫 풍자시는 웃음을 통해 에둘러, 그러니까 행복하다고 믿고 있는 현재 삶의 적나라한 실체를 폭로함으로써 그것이 진정한 행복이 아니라고 말해주었다. 사비눔에 갓 도착한 시인은 아직까지는 이전의 풍자시 문체를 유지하며 풍자적 글쓰기를 이어갔다. 기원전 30년에 발표한 풍자시집 『대화』 제2권에 등재된 6번 풍자시는 사비눔에서 발견한 그의 행복감이 반영되어 있다. 시골을 염원했던 호라티우스는 드디어 로마를 두고 멀리 떠날 수 있었고, 전원에서의 오붓한 저녁 식사, 친구들과의 철학적 대화는 그에게 더없는 행복이었다. 6번 풍자시의 말미에 담긴 시골 쥐와 서울 쥐의 우화에서 시인의 서울살이와 시골살이가 풍자시다운 경쾌함과 웃음으로 대비된다. 그는 수도 로마에서 고되고 지치고 성가신 삶을 살았다고 투덜대고, 늘 시골살이를 염원했다고 너스레를 떨다가, 마지막으로 우화를 통해 행복과 안락을 찾아 도시로 떠났다가 진정한 행복과 안락을 찾아 다시 시골로 돌아온 자신을 담아낸다.

> 길을 나서라! 날 믿으시오, 동무! 땅의 존재들은
> 죽을 운명의 영혼을 얻어 살아가며, 누구에게든
> 크든 작든 죽음의 회피는 불가하니, 여보게,
> 가능한 즐거운 것들 가운데 유복하게 살아보자!
> 인생이 얼마나 짧은지를 마음에 새기면서.[13]

우화 속의 "길을 나서라*Carpe viam*"는 사비눔 서정시의 "오늘을 즐겨라*Carpe diem*"[14]를 선취한다. 서울 쥐가 외친 서울 길은 우리가 흔히 서정시의 "오늘을 즐겨라!"를 이해하는 소위 쾌락주의라 불리는 것이다. 인생의 유한함은 쾌락주의의 중심축이다. 호라티우스는 이탈리아 남동부의 마을 베누시아에서 해방노예의 아들로 태어났다. 멀지 않은 곳에 로마에서 브룬시디움에 이르는 군사도로가 지나간다. 시골 촌부의 아들은 이 길을 따라 로마로 가는 유학길을 걸었다. 아버지가 그와 동행했고 로마에서 아들을 돌보았다. 시간이 흘러 호라티우스는 다시 아테나이로 유학을 떠났다. 이렇게 '서울 길'을 걸었던 호라티우스에게 진귀한 음식과 안락한 잠자리로 대표되는 서울살이는 행복을 가져다주지 않았다. 시골 쥐에게 맹렬하게 달려들던 사나운 개들 때문에, 서울살이는 갑작스러운 공포로 시골 쥐를 엄습했다. 그렇게 시골 쥐는 서울을 떠나 다시 시골로 길을 떠나게 되었다. 다시 한번 "길을 나서라!"를 외치면서 말이다. 서울 길은 도시적 안락과 사치, 물질적 육체적 향락을 염원한 쾌락주의의 길이었다면, 시골 길은 이것들과 멀리 떨어져, 시골과 가난에서 얻어지는 은둔과 평화의 쾌락주의를 향한 길이었다.

호라티우스는 시골 쥐의 "길을 나서라!"를 사비눔 서정시에서 "오늘을 즐겨라!"로 고쳤다. "오늘을 즐겨라!"는 시인이 사비눔에 자리잡은 이래로 설파하던 그의 쾌락주의적 행복론이 응축된 구호, 가난과 은둔의 행복을 표현하는 지혜였다. 권력과 재산의 추구가 안녕과 행복을 보장해줄 것이며, 힘과 부를 확보한 다음은 감각적 향유와 쾌락이 행복을 증진시킬 것이며, 이를 지속적으로 확보하고 영속적으로 유지하는 것이 행복의 관건이라고 믿는 사람들 가운데 사실 호라티우스의 지혜는 세상 사람들의 실천적 도덕적 합리성으로는 도저히 이해할 수 없는 것이었다. 누구는 전차 경주에서 승리하길 원하고, 누구는 사람들의 환호를 받으며 선거에 승리하여 관직에 오르려 하고, 누구는 리뷔아의 곡물을 제 창고에 쓸어담아 채우려 하고, 돈과 명예를 찾아 상인으로 바다로 나아가고 군인으로 전장에 머문다.[15] 이것이 세상 사람들의 삶이고 상식이고, 따라서 호라티우스의 행복론은 지혜는커녕 역설이고 모순이고, 어불성설의 억지 주장으로 보인다. 하지만 시인의 지혜를 세상의 이성으로 어떻게 이해할 수 있을까? 아니, 시인은 그의 지혜를 어떻게 세상 사람들에게 납득시킬 수 있을까? 초기 서정시의 출간부터 서간시(기원전 20년)를 거쳐, 그 이후 다시 펴낸 후기 서정시(기원전 13년)에서도 호라

티우스는 우리에게 이를 이해하고 납득할 길을 제시하려는 변함 없는 생각을 가지고 있었다.[16]

행복은 호라티우스가 평생 놓지 못한 화두였다. 이는 내전의 시대적 격류를 피하지 못한 호라티우스에게 당대의 모든 사람처럼 너무나도 자연스러운 선택이었을지 모른다. 그락쿠스 이래로 혁명의 시대로 접어든 로마는 기원전 1세기에 이르러 내전의 격통을 겪었고, 호라티우스가 살아간 날들은 불안과 공포, 살인과 약탈, 혼란과 고통이 가득한 시대였다. 자식들은 아버지들의 "창칼 벼르는 소리"를 들으며 자랐다.[17] 로마 원로원의 과두정은 이제 절대 권력의 독재정을 향해 달려가고 있었다. 달리 대안은 없는 듯 보였다. 내전의 승자는 반대당파에게 적이라는 이름을 붙여 몰살했고 재산 또한 몰수했다. 더 끔찍한 것은 매번 승자가 바뀌었다는 것이다. 그때마다 승자가 패자를 살육하고 재산 몰수하기를 반복했다. 기원전 1세기의 로마 정부는 통치 이성을 상실했다. 권력 투쟁이 이어졌고, 극악하고 무도한 만행을 스스로 통제하지 못하는 양편은 끊임없이 격돌했다. 하지만 오랜 내전은 아우구스투스라고 불리게 될 사내의 승리로 마무리되었고, 카이사르의 후계자는 500년의 공화정을 대신할 미래의 정부 형태로 절대 권력의 독재정을—당시에는 그렇게 불리지 않았지만—택했다. 평화의 여명 속에서 누구도 로마가 황제의 나라가 되었다는 사실을 알아차리지 못했지만, 고요와 평온을 오랫동안 꿈꾸었던 사람들이라면 누구도 반대할 수 없는 평화가 로마인들이 모두 찬성하지는 않는 방식으로 이미 현실이 되어 있었다.

아우구스투스는 화합과 번영을 기원하는 백년제를 개최했다.

시인 호라티우스는 정치 선전으로 보이는 합창시를 짓고 그 공연을 맡았다.[18] 기원전 17년 6월 3일 정오, 팔라티움 언덕 위에서 로마 전체가 한 사람을 바라보고 있었다. 이 순간, 신화 속의 시인 오르페우스와 무사이오스와 암피온처럼, 모든 그리스인의 교육자 호메로스처럼, 아테나이의 영광을 함께했던 비극 시인들처럼, 호라티우스는 로마 인민에게 후손들이 보게 될 미래를 선포했다. 정치 권력자는 내전의 종식과 갈등의 종결로 평화와 번영의 시대가 지금 도래했고 행복의 시대가 완성되었다고 선포하는 듯 보였다. 하지만 현자 시인은 온전히 행복의 시대라고 불릴 수 있는 세월은 지금 태어난 어린 것들이 평안한 노년의 휴식을 맞을 먼 미래의 것임을 가르치고 있었다.

1장

주연 : 행복의 찰나*

* 1장 '주연: 행복의 찰나'는 앞서 발표된 「농촌 삶의 행복과 우정 : 호라티우스 초기 서정시 Carmina I~III 연구」(2017)의 일부를 수정한 것이다.

에피쿠로스 철학은 행복을 쾌락의 극대화에 두었고, 최대의 쾌락을 고통의 최소화에서 찾았다. 흔히 사람들은 욕망의 충족이 행복을 결정한다고 믿지만, 욕망은 더 큰 욕망을 부르는 법이다. 따라서 이런 식이라면 결코 만족은 있을 수 없고, 다시 말해 행복은 있을 수 없다. "탐욕스러운 자는 늘 부족할 뿐이다."[1] 만족은 최소화된 욕망에서 가능하고, 그래야 행복도 가능하다. 최소화된 욕망이란 자연적이고 필연적 욕구로 축소된 욕망이다. 먹고 마시고 자고 배설하는 등의 행위는 자연적 욕구며, 생존을 위해 필요한 한계에 근접한 욕구는 필연적 욕구다. 삶이 자연적이고 필연적인 욕구로 축소되고 충족된 상태를 안전이라고 부르는데, 이는 에피쿠로스 철학에서 행복과 쾌락의 다른 이름이다.

에피쿠로스주의자였던 호라티우스에게 안전은 도시에서 벗어난 은둔에, 그리고 세속적 풍요를 멀리한 가난에 있었다.[2] 행복과 쾌락이 실현되는 공간은 그에게 농촌이었고, 그의 주연酒宴은 은둔과 가난이 가져오는 행복과 쾌락이 절정에 이르는 순간을 상징했다. 아름답고 찬란한 삶의 순간을 나타내는 '술잔치'는 호라티우스의 초기 서정시가 다루는 핵심 주제였다.[3]

노래와 시를 낭송하는 술잔치는 그리스에서처럼 로마도 있었다. 그런데 사랑과 쾌락을 노래하는 그리스식 향연은 로마에 일반적이지 않았고, 이런 노래가 주연에 도입된 것은 기원전 1세기의 공화정과 아우구스투스 시대였다.[4] 이때는 로마 문학에 엘레기 등 서정시가 만들어지던 시기로, 로마 엘레기는 남성적 덕목을 완전히 잃고 사랑에 몰두하는 사내를 보여주었다. 반면, "조상 전래의 풍습"을 따르는 로마식 주연에서 주인과 안주인, 그리고 그들의 아이들까지 참석한 가운데 "용기를 보인 장군들"과 "베누스의 아들" 아이네아스가 이야기되었다.[5]

주연 참석자들이 호라티우스에게 명성을 가져다주는 대단한 공적功績을 노래하라고 요청한 것은 로마 전통에 부합하는 일이었다.[6] 호라티우스는 역사나 서사시에 어울리는 주제를 사양하며 자신은 다만 장난스러운 짓궂은 사랑놀이를 노래하는 시인, 작은 시의 시인이라고 변명한다.[7] 작은 시인이 다룰 수 있는 주제는 "주연"과 "여인들의 전투"[8]가 전부라고 둘러대기도 한다. 이 변명을 곧이곧대로 받아들이면, 호라티우스의 초기 서정시들이 욕정과 욕망, 시기와 질투에서 시작되어 실연과 배신, 때로 헛된 희망과 애원, 절망과 고통으로 이어지는 사랑놀이에 몰두하려는 것처럼 보일 수 있다. 하지만 전혀 그렇지 않았고, 실제로

잔치, Pompeii

그의 시는 로마 엘레기와 다른 양상을 보인다. 호라티우스가 부른 주연의 노래는 애욕이나 격정과 멀리 떨어진 한가하고 평화로운 농촌을 노래한다. 시골 사비눔에서 친구들과 마주한 술잔치는 '여인들의 전투'와 거리가 멀다.

호라티우스의 서정시 전체가 노래한 술잔치를 '도시의 주연'과 '시골의 주연'으로 나눠보면, 도시의 주연은 로마의 전통적인 것을 의미하고 시골의 주연은 새로 도입된 형식을 의미하는데, 호라티우스가 하나를 거절하고 다른 하나를 선호한다고 말함으로써 그의 문학적 취향과 원리를 선포한다는 해석이 있다.[9] 그러러니까 그는 전쟁과 영웅을 다루는 서사시와 역사를 버리고 사랑과 쾌락을 다루는 서정시를 지향한다고 선언했다는 것이다. 화려하고 풍요로운 도시를 버리고 안전과 행복의 공간인 시골을 문학적 무대로 삼았기 때문에 우리는 호라티우스의 초기 서정시를 '시골의 주연'이라 부를 수 있다. 하지만 시골의 주연은 향락적이고 감각적인 그리스적 문학류 선호를 드러내는 데 국한되는 상징이 아니다. 호라티우스는 그의 초기 서정시에서 한편으로 아직 주연의 노래가 도덕적이고 교훈적이기를 선호하던 로마 전통은 고수하면서, 다른 한편으로 사랑과 향락이 아닌, 모험과 전쟁이 아닌, 행복에 이르는 철학적 도덕적 권고를 친구들에게 이야기한다. 호라티우스는 진지하면서 무겁지 않고 쾌활하면서도 가볍지 않은 방식으로, 로마의 전통적 가치관과 다른 새로운 삶의 태도를 가르친다.

세상사가 비껴가는 "나무 그늘 아래"[10] 벌어지는 술잔치는 조촐하면서도 평온한 한순간을 보여준다. 또 이 순간은 사랑하고 노래하는 명랑하고 유쾌한 시인의 행복을 보여준다.

세상은 나를 찾되, 세상 멀리 나무 그늘 아래
널로와 노닐 적에 그러하였듯,
이제 부르려무나, 비파여, 라티움의 노래를,
언제까지 남을 노래를.

먼저는 네가 레스보스의 시인과 노래하였고,
전투에서 사납게 싸우던 시인은 전장에서

또는 바닷가에서 파도에 젖은
배를 매어놓고

박쿠스와 무사 여신들과 베누스, 베누스와
언제 어디나 동행하는 소년을 노래했었다.
검은 머리 검은 눈의 고운 뤼쿠스를
노래했었다.

포에보스의 자랑이여, 천상의 잔치에서
달가운 유피테르의 악기여, 시름을 덜어줄
달콤한 구원과 치료여, 인사하게나!
정중히 청하는 이에게.

호라티우스의 『서정시』 I 32는 술잔치를 묘사한다. 『서정시』 I 22에서 랄라게를 노래할 때처럼 사랑하며 노래하는 삶을 그리고 있지만, 여기서는 한 걸음 더 나아가, 특히 주연이라는 한순간을 포착했다. 시인의 술잔치에는 흔히 그렇듯 박쿠스와 무사 여신들, 베누스와 쿠피도가 이 순간을 같이하는데, 시인의 눈에 지난날 레스보스의 시인이 벌였던 술잔치가 겹쳐 보인다(5~12행 이하).

비파*barbiton*(3행)는 레스보스의 시인 알카이오스가 마음의 시련과 고통을 달래기 위해 노래할 때 시인과 함께했던 것처럼, 이번에는 "정중히 청하는"(16행) 로마의 시인 호라티우스와 함께한다. 지난날 알카이오스와 함께할 때 그랬던 것처럼 이번에도 호라티우스에게 비파는 "시름을 덜어줄 달콤한 구원과 치료"(14~15행)의 역할과 임무를 다할 것이다. 그리하여 알카이오스가 지난날 "검은 머리 검은 눈의 고운 뤼쿠스를 노래했"던 것처럼, 이번에는 시인이 아름다운 머리카락과 아름다운 눈망울의 사랑스러운 사람을, 그리고 뜨거운 사랑과 화합을 노래할 것이다.

시인은 "세상은 나를 찾는다"(1행)[11]와 "세상 멀리"(1행)를 같은 시행에 나란히 병치함으로써 양자를 대립시키고 강조한다. 세상살이에 시달리던 시인은, 늘 시인의 곁을 지켰을 비파에게 이제까지와는 다른 노래를 부르자고 요청한다. 시인에게 닥쳐온 시련과 고통, "시름"(14행)은 알카이오스의 경험을 통해 표현되는바, "전투"(5행)와 "파도에 젖은 배"(7~8행)가 상징적으로 지시하는 사회적 갈등을 암시한다.[12] 호라티우스의 『비방시』와 『풍자시』에서 보았듯이, '불행한 노동'이란 조어는 행복을 추구하려던 인간 노동이 오히려 인간의 욕망을 끝없이 자극하고 욕망들 사이에 충돌과 갈등을 가져오는 역설적 상황을 말한다. 시인은 불행한 노동이 가져온 시름과 고통에서 벗어나고자 하며, 이런 것들에서 벗어나 사랑과 행복의 노래를 부르고자 한다.

그런데 호라티우스가 "시름을 덜어줄 달콤한 구원과 치료"라고 비파를 호명했기에, 음악적 치유력이 비파의 전유專有라고 생각할지도 모르지만, 실제로 이것이 시인이 말하고자 하는 바는 아니다. 비파의 노래가 늘 시름과 고통을 몰아내는 것은 아니기 때문이다.[13] 비파와 함께하는 주연이 술잔치에 참석한 모든 사람들에게 행복과 평화를 가져다주는 것은 아니고, 반대로 욕망과

박쿠스의 여신도들, Villa dei Misteri, Pompeii

애욕, 고통과 근심, 시름을 더욱 보태줄 수도 있기 때문이다.

여기서 주목해야 할 것인바, 호라티우스는 시름과 고통을 몰아내고 치유와 회복을 허락하는 음악적 치유능력을 "나무 그늘 아래"(1행)라는 공간과 연결하고 있다. 무사 여신들의 선물인 연설능력이 정의를 선포하는 왕을 통해 화합과 평화를 가져오는 곳이 정치와 재판이 벌어지는 광장이라고 할 때,[14] 시인이 무사 여신들의 선물인 시적 능력을 통해 "달콤한 구원과 치료"를 이루어내는 공간은[15] 광장에서 멀리 떨어진 외딴 공간,[16] 도시의 '불행한 노동'이 접근할 수 없는 공간인바, 호라티우스는 이런 구원과 치유의 공간을 "나무 그늘 아래"라고 부른다.

시인은 지금 이 순간을 넘어 영원할 노래(2~3행)를 부른다.[17] 알카이오스가 부르던 "레스보스의 노래"(5행)와 달리, 시인이 부르는 "라티움의 노래"(3~4행)는 한순간의 위로와 휴식이 되어서는 안 된다. 전사戰士 알카이오스의 노래는 전쟁중이거나, 전쟁에 패하여 고향을 떠나며 항해중에 부르는 노래였다. 잠깐의 휴전과 짧은 정박의 순간, 알카이오스는 다시 이어질 전쟁과 항해를 준비하는 위안이 필요했다. 이와 달리 호라티우스는 "세상 멀리 나무 그늘 아래"(1행)에 앉아 있다. 시인은 세상을 떠나왔고 다시 세상으로 나가는 일 없기를 염원하며, "나무 그늘 아래" 행복의 순간을 누리며 영원히 머물고자 한다.

나무 그늘 아래의 삶이 주는 행복의 순간을 이런 행복의 이념에 가장 어울리는 소박함의 계율에 따라 노래한 다른 예는 『서정시』 I 38이다. 직전에(I 37 "이젠 마셔야한다") 호라티우스는 클레오파트라의 패퇴와 죽음과 관련하여 "카피톨리움"과 승리를 노래했는데,[18] 이제 『서정시』 제1권의 종결부라는 매우 의미심장한 위치에 배치된 이 노래는 "나무 그늘 아래"를 노래한다. 이 노래가 소박한 문학적 양식을 상징한다고 해석되기도 하지만, 결국 시인이 선택한 문학적 취향과 양식은 시인의 본성을 말해주는 법이다. 이는 행복한 삶에 대해 어떤 생각과 태도를 가지고, 어떤 삶을 살아가느냐의 문제와 불가분의 관계다. 따라서 우리는 문학적 소견을 피력한 것 이상의 무엇으로 이 노래를 보고자

베수비우스 화산 근처의 저택 벽화, 기원후 79년 © Carole Raddato

한다.[19]

아이야, 페르시아산 세간은 나는 싫다.
보리수 줄기로 엮은 화관일랑 두어라.
어느 곳에 늦은 장미가 아직 남았는지
찾아보지도 마라.

소박한 도금양에 뭔가 덧붙여 장식하려는
열심일랑 그만두어라. 시중드는 네게나,
포도나무 그늘 아래 마실 때 도금양이면
내게도 그만이다.

호라티우스 『서정시』 I 38은 더없이 공들여 쓴 대단한 노래이면서도 작고 단순하고 우아한 시다. 여기서도 시인은 짙게 드리운 "포도나무 그늘 아래"(7~8행) 벌여놓은 술자리를 노래한다. 시는 시인과 하인과의 작은 갈등으로 시작한다.[20] 갈등의 시작은 하인이 부린 소박한 욕심 때문이었다.

시인은 시적 아취가 가득한 그늘에 몸을 기대고 앉아 술상을 받았다. 시들지 않고 언제나 푸른 도금양으로 만든 화관이 시인을 위해 마련되는 동안, 흔히 술자리를 빛내기 위해 준비되는 값비싸고 진귀한 물품들은 빠져 있다. 아니, 오히려 시인이 이를, 그것도 여러 번에 걸쳐 거절하고 있다. "싫다"(1행),[21] "두어라"(2행), "찾지 마라"(3행), "그만두어라"(5행)라고 시인은 강하게 하인을 말린다.[22] 활짝 핀 장미는 여름 땡볕 아래 이미 시들어 아무 데에서도 구할 수 없고, 술잔치에 장미가 빠져도 나쁘지 않다는 것이 시인의 생각이다.[23] 하인이 주인의 뜻을 어기고, 술자리 준비로 지나치게 요란을 떨고, 지나치게 욕심을 부린다면(5~6행), 오히려 이것이 술잔치를 망쳐버릴지도 모를 일이다.

지금 이 순간 시인의 눈에 들어온 것은 "소박한 도금양*simplex myrtus*"(5행)이다. 술자리가 펼쳐진 계절, 바로 그 순간에 자연이 허락하는 것, 수고를 크게 들이지 않고도 구할 수 있는 것을 가지고 술자리를 꾸미는 것으로 충분하다. 소박함에도 부족한 것은 없으므로, 여기 무언가를 덧붙이는 것은[24] 낭비고, 사치고 지나친 과도함이다.[25] 그래서 시인은 "페르시아산 세간"(1행)도, "보리수 줄기로 엮은 화관"(2행)도, "늦은 장미"(3행)도 구하지 않는다. 그리하여 시인은 소박한 도금양에 아무것도 덧대지 말라고 치장을 금지한다.[26] 그리하여 시인의 아늑한 나무 그늘 아래 휴식과 평온이 깃드는데, 이는 시인의 내면적 안정과 일치하는바, 차분한 분위기 가운데 평화가 주변에 가득하다. 소박하고 작은 것에 만족하며 부족함을 느끼지 못하는 가운데 얻어지는 풍요로운 삶이라 하겠다. 시인은 즐겁게 소박하면서 풍요로운 삶을 즐긴다.[27] 시인은 술을 마시고, 하인은 시인을 거들며 옆을 지킨다.

이렇게 소박하고 작은 주연에서 동성애를 읽어내려는 시도가 있다.[28] 그렇게 생각하는 것도 당연한데, 다른 손님은 없고 아이 하나와 시인 하나뿐인 것처럼 보이기 때문이다. “비파여”를 노래할 때도 다른 손님의 흔적은 물론, 심지어 “아이야”라고 호명될 누군가의 흔적도 전혀 찾아볼 수 없었다. 전원의 삶이 아무것도 부족할 것이 없는 안전한 삶이라고 하더라도, 이런 행복하고 충만한 삶에 친구가 빠진다는 것은 있을 수 없는 일이고, 우정의 가치는 결코 결여될 수 없는 것이다. 가난한 은둔의 농촌 삶을 지켜줄 “불멸의 선”[29]이기 때문이다. 그래서 호라티우스는 이 평화로운 “나무 그늘 아래”로 친구들을 초대했고, 초기 서정시에서 우리는 그런 초대시들을 볼 수 있다. 한적한 시골의 주연에서 꽃피는 우정의 한 부분이라는 점에서 동성애도 수긍할 만하며, 다만 전제되는 것은 이곳의 사랑이 육체적 욕망과 애욕과 거리가 멀다는 것이다.

2장

행복 : 농촌, 가난, 은둔*

* 2장 '행복 : 농촌, 가난, 은둔'은 앞서 발표된 「농촌 삶의 행복과 우정 : 호라티우스 초기 서정시 Carmina I~III 연구」(2017)의 일부를 수정한 것이다.

에피쿠로스의 말처럼 "현자는 시골을 사랑한다".[1] 그것은 아마도, 에피쿠로스가 생각하기에, 도시를 벗어난 농촌의 삶에서 행복을 찾을 수 있었기 때문일 것이다. 호라티우스의 『풍자시』와 『비방시』를 보면 농촌 삶은 탐욕,[2] 사악한 야망,[3] 그리고 분주한 노고,[4] 불행한 노동[5]이라고 불리던 온갖 수고와 고통에서 벗어난 자유를 의미한다. 호라티우스는 '불행한 노동'의 도시를 떠나, 노역과 근심에서 벗어난 '건강한 노동'의 삶을 농촌에서 발견했다. 농촌 생활은 인간의 노동이 넘치지도 모자라지도 않는 중용의 삶이며, 참된 행복이 실현된 삶이다.[6]

『풍자시』와 『비방시』에서 발견된 행복한 농촌 삶은 초기 서정시에서도 그대로 이어지는바, 다만 초기 서정시에서 호라티우스는 행복을 가르치고 설득하는 '현자-시인*vates*'으로서의 강한 자의식을 가지고, 행복한 농촌 삶의 원리를 구상적으로 묘사한다. 호라티우스의 노래는 "철학 사상의 서정시"였던바[7] 농촌 삶을 구체적 생활 원리로 설명한다.

호라티우스는 초기 서정시에서도 농촌 삶을 배경으로 에피쿠로스주의적인 행복한 삶의 원리를 그려낸다. 초기 서정시에서 시인은 농촌 삶을 '가난'과 '은둔'으로 묘사하고, 이러한 농촌 삶의 유쾌하고 명랑한 모습을 보여주었다. 가난해 보이는 농촌 삶은 보이는 것과 달리 평온과 고요 가운데 자족을 누리는 삶이었으며, 세상으로부터 멀리 떨어져 궁벽하고 쓸쓸하고 외로워 보이지만, 반대로 세상의 욕망과 갈등과 고통을 벗어난 삶이었고, 그리하여 호라티우스에게 이는 사랑하고 노래하는 명랑함과 즐거움이었다.

『풍자시』와 『비방시』에 나타난 농촌 삶을 토대로 호라티우스의 초기 서정시를 전반적으로 관찰하면, 『풍자시』와 『비방시』에서 초기 서정시와 『서간시』로 이어지는 호라티우스 창작의 연속성을 확인할 수 있다.[8] 이는 문학류를 달리하면서도 일맥상통한 행복론을 호라티우스가 계속해서 탐구했음을 말해준다. 호라티우스에게 행복한 삶인 농촌 생활이 초기 서정시에도 탐구되었다는 연속성을 보여주는 근거는 흔히 '로마 송가'라고 불리는 『서정시』 III 1~6이다. 로마 송가를 다수의 학자는 아우구스투스와의 관계에서 설명하며, 국가적 정치적 개혁이 로마 송가가 다루는 대상이라고 생각했다. 하지만 일반적인 평가와 달리, 로마 송가가 행복한 농촌 삶의 틀을 가지고 다른 초기 서정시들을 읽을 수 있는 발판이 되는바,[9] 로마 송가는 강인하고 근면한 로마 농

과일들, Casa dei Cervi, Herculaneum, 기원후 45~79년

부의 삶을 그의 덕목을 밝혀 칭송하고 있다. 로마 송가에서 농촌은 아우구스투스가 제시한 '조상들의 모범'이 요구하는 덕목이 실현되는 공간으로 드러난다. 그 때문에 지난 세기 내내 호라티우스를 아우구스투스주의자로 이해하는 중요한 근거로 로마 송가가 사용되었다.

호라티우스 『서정시』 제3권의 첫번째 여섯 편은 관례에 따라 '로마 송가'라 불린다. 이 이름으로 묶여 불리는 것은 여섯 편이 주제의 유사성과 운율의 통일성에 비추어 연작連作[10]으로 보이기 때문이다. 학자들은 흔히 이 연작을 아우구스투스 개혁의 이념에 지극히 부합하는바 본받을 만한 선조들의 모범을 젊은이들에게 가르치기 위한 시로 평가한다. 예전의 건강했던 시절의 로마, 내전으로 세 세대에 걸쳐 고통과 파괴를 겪기 이전의 로마가 가지고 있던 탁월함을 오늘날 정착된 평화의 토대 위에 부활시키려 했던 아우구스투스를 중심으로 로마 송가가 쓰였다는 것이다. 창작 시기로든 내용으로든 호라티우스를 '아우구스투스의 선전관'으로, 로마 송가를 아우구스투스의 정책을 위한 '절묘한 선전물'로 보는 것도 무리가 아니다. 아우구스투스의 사회 개혁에 동참하는 모습 때문에 로마 송가는 '애국적'이라는 별칭이 붙는다.[11]

로마 송가는 각각 선조들의 탁월한 덕목을 노래하고 있다고 평가된다. 연작의 첫 송가는 자족을, 두번째 송가는 고난을 이겨내는 남자다운 용기, 세번째 송가는 정의를 노래한다. 다섯번째 송가는 남자다운 용기를 레굴루스의 사례를 들어 보여주며, 여섯번째 송가는 국가적 종교를 회복시킴으로써 국가의 몰락을 막을 수 있다고 말한다. 로마 송가는 로마 청년들이 배워야 할, 옛 로마인들이 보여준 소박함, 용감함, 강직함, 정직함, 경건함, 충직함 등의 덕목을 열거한다.

첫번째 로마 송가에서 호라티우스가 가르치려는 "자족*quod satis est*"(25행)이다. 그는 시골 삶과 대조되는 도시 삶을 크게 부각한다. 재산과 명예와 권력의 추구가 당연하게 받아들여지는 도시 삶은 기대와는 달리 오히려 행복과 거리가 멀다(11~21행). 부와 명예와 관직 덕분에 누릴 수 있게 된 풍요롭고 화려한 삶에는 언제나 전설의 다모클레스처럼 불안과 공포와 불면이 떠나지 않는다. 단잠을 이루지도 못하고 산해진미도 맛있는 줄 모르고 흥겨운 노래에도 즐겁지 못한 삶이다. 이와 대조적으로 호라티우스는 농촌의 가난한 삶(22~24행)이 행복한 단잠을 누리게 한다고 짧게 언급하고 나서, 그것은 도시 사람들이 얻고자 애쓰는 가치들이 아닌 '자족'을 추구하기 때문이라고 진단한다.

닭과 포도, Pompeii © Carole Raddato

부드러운 단잠은 농부의 누옥을,
그늘진 강변과 서풍에 깨어나는
템페 계곡을 기꺼이 찾아온다.

자족을 추구하는 사람을 결단코
폭풍 치는 바다, 저무는 목동좌,
떠오르는 산양좌의 미쳐 날뛰는
돌진이 불안케 하지 못하며,

우박에 넘어진 포도밭, 거짓말하는
대지도 그리 못한다.

호라티우스는 "자족"의 삶과 그렇지 못한 삶의 대조를 통해, 사치와 탐욕을 멀리하고 검소한 삶을 선택하도록 젊은이들에게 자연스럽게 가르치고 권한다.[12] 그렇다면 '자족'은 무엇인가? 말 그대로 '충분함*quod satis est*'은 무엇을 뜻하는가? 시인은 시의 후반부(26~48행)에서 이를 다루는바, '충분함'은 폭풍우 치는 바다를 건너 멀리 장삿길에서 사올 수도 없는 것이며, 커다란 농장에서 풍요를 약속하는 포도농사를 통해 수확할 수도 없는 것이며, 바닷가에 별장을 짓고 도시에서 멀리 떠난다거나 배를 타고 말을 달려 멀리 다른 땅으로 달아난다고 찾을 수 있는 것도 아니며, 온갖 진귀한 보화를 누리고 비싼 포도주를 마신다고 맛볼 수 있는 것이 아니다. 그것은 태도와 마음가짐의 문제이다. "검은 번민"이 부와 명예와 관직을 탐하고 누리고 뒤쫓는 자들을 떠나지 않는 것은(33~44행), 이것들을 추구하도록 그들을 추동한 마음가짐과 태도 때문이다. "고향을 떠난다고 자신마저 떠날 수 있을까?"[13] 라고 물었던 것처럼, 가난을 벗어나기 위해 고향을 떠나 멀리에서 부를 얻을지라도, 부를 얻으려는 욕심을 거두지 않으면 또다시 떠날 수밖에 없다. 따라서 욕심을 버리고 마음가짐을 바꾸지 않는 한, 근심은 이어지고 휴식은 없다.

호라티우스는 자족한 삶의 농촌을 그의 개인적 경험이 투영된 "사비눔 계곡"(47행)과 동일시한다. 호라티우스가 거주하는 사비눔 계곡은 '부드러운 단잠'과 '그늘진 강변'과 '서풍에 깨어나는 템페 계곡'과 같은 곳으로 따사롭고 한가하고 조용한 농촌의 행복이 이루어지는 곳이다. 시인은 자족의 행복을 배우지 못한 "속된 무리"(1행)를 아이들에게서 멀리 떼어놓고(1~4행),[14] 행복함을 가져다줄 자족의 덕을 배우도록 권한다.[15]

두번째 로마 송가는 젊은이의 용기(17행, 21행)를 이야기한다. 시골 농부의 아들로 태어나 "고단한 가난"(1행)을 즐겁게 이겨낸 젊은이는 군복무에서 견뎌내야 할 고생스러운 생활(5행)도 용감하게 이겨낸다. 그를 보는 적국의 여인들은 두려움에 떨며 남편과 약혼자들을 위해 한탄한다(6~12행). 그는 죽음을 두려워하지 않기 때문이다(13~16행). 용감한 젊은이는 충직하며, 관직에 나가더라도 불의와 타협하지 않으며 대중과 야합하지 않는다(17~20행). 젊은이의 이런 용기는 젊은이에게 신과 같은 불멸성, 불멸하는 명예를 제공한다(21~24행). 가난, 다시 말해 향락과 사치에 젖은 않은 소박한 태도는 용기 및 용기와 연관된 덕목들을 로마 젊은이들이 갖추는 출발점이 된다.[16]

조국을 위한 죽음은 달콤한 자랑.
도망쳐도 죽음은 찾아오고, 전장에
나서지 않은 청년, 떨리는 오금과
등도 놓여나지 못한다.

용기는 정직한 낙선을 택하며
오점 없는 관직으로 빛나고,
대중의 바람몰이를 따라 권부를
들었다 놓았다 하지 않는다.

두번째 로마 송가의 한 구절, "조국을 위한 죽음은 달콤한 자랑"(13행)은 애국심을 고취하려는 의도에서 흔히 인용되던 시행으로, 그리스 엘레기 시인들에게서도 같은 의도로 쓰인 애국주의적 구호이기도 하다. 선동적 권고의 이 구절은, 용기를 보여야 할 상황에서도 남자다운 모습을 보여주지 못하고 등을 보이고 도망치는 다른 유약하고 비겁한 젊은이들(14~16행)과 대조하여, 조국을 위해 싸우며 죽음의 위기를 달갑게 받아들이고 출전하는 젊은이의 용기를 부각한다. 하지만 여기서 시인의 목적은 애국적 헌신의 권고와 칭송이 아니다. 그렇지 못한 세상에서 그런 쉽지 않은 헌신을 선택한 용기를 위로하려 함이다. 이것은 전쟁을 선동하고 참전을 격려하는 목소리가 아니라, 조상들의 잘못으로 싸움터로 내몰린 젊은이가 감수한 공동체를 위한 희생을 달래려는 목소리다.[17]

세번째 로마 송가는 젊은이들에게 요구되는 덕목 가운데 하나인 정직함 혹은 올바름(1행)을 노래하는데, 시인은 젊은이들에게, 불의에 굽히지 않으며 올바름을 견지하여, 흔들지 않는 "굳센 마음"(4행)을 가진, 절대 겁먹지 않는(8행) 용기 있는 사내이기를 요구한다.[18] 그 예로 폴룩스와 헤라클레스, 박쿠스 신과 전쟁의 신 퀴리누스를 열거한다(9~16행). 그리고 이들 가운데 나란히 자리하는 인물은 아우구스투스다(11행).

호라티우스는 유노 여신을 내세워, 여신의 입으로 직접 로마가 영원 무궁히 세계를 지배할 나라가 될 "조건"(57행)을 연설하게 한다(17~68행). 트로이아의 재건을 시도하지 말라는 것이다. 트로이아가 올바름과 정의를 따르지 않고 신들을 속였기에, 손님을 접대하는 주인을 속여 그의 아내를 탐하였기에, 신들과의 맹세를 깨뜨렸기에 멸망할 수밖에 없었다는 것이 유노 여신의 경고다. 유노의 약속에 따르면, 로마가 트로이아의 구악을 답습하지도 않고 트로이아를 복구하지도 않는다면(37~42행), 로마는 세상의 끝에서 끝까지, 동쪽 끝 메디아(43행)를 정복하고, 이집트(48행), 서쪽 끝 아프리카(46행)를 다스리며, 북쪽 끝 안개와 비의 땅에서 남쪽 끝 뜨거운 사막까지(54~55행) 지배하게 된다.

유노 여신은 로마 번영의 조건을 하나 더 덧붙인다(49~52행).

> 신성함을 모조리 훼손하는 손으로
> 인간들의 유익을 위해 모으지 말고
> 황금은 대지에 감춰두는 게 나으니,
> 황금을 찾지 않고 용감히 멀리한다면

물론 여신이 애초 요구한 것은 트로이아 재건의 금지였지만,[19] '길 넓은 도시'[20]라고 불리며 부와 번영을 구가하던 트로이아를 재건하지 말하는 조건은 '황금을 멀리함'(49행)으로 해석될 수도 있다. 황금과 부, 번영과 사치가 트로이아의 도덕적 타락, 올바름과 정의의 몰락을 가져왔고, 도덕적 타락으로 올바름과 정의를 지키지 못한 나라는 망할 수밖에 없다는 것이다.[21] 호라티우스는 부와 사치의 거부를 용기*aurum spernere fortior*(49~50행)라고 설명하며, 로마인의 타고난 용맹함(57행)을 그대로 지켜내고 타락과 방종을 불러올 탐욕을 멀리하라고 권한다.[22] 그는 탐욕을 이겨낸 군센 영혼을 가진 젊은이들은 로마의 번영을 이룩할 수 있으리라 말한다.

네번째 송가는 무사 여신들을 칭송하면서, 무사 여신들이 "높은 카이사르"(37행)를 돌보기를 기도하는 노래다. 호라티우스는 우선 무사 여신들을 부른다(1~4행). 이어 시인 자신이 무사 여신들의 보호를 받았던 개인적인 경험들이 열거되고 앞으로도 여신들의 도움을 받을 것을 기원한다(5~36행). 그리고 20연으로 구성된 전체의 한가운데 위치하는 열번째 연에서 시인은 드디어 네번째 송가의 본래 목적이라 할 수 있는바, 내전을 종식하고 노병들에게 토지를 분배하는 커다란 노고를 겪은 카이사르 옥타비아누스를 회복시켜 보호해주길 여신들에게 간청하고 기도한다(37~42행). 그에게 "지혜"(41행)를 주실 것을 요청한다. 무사 여신들이 카이사르 옥타비아누스에게 가르쳐주는 지혜 덕분에 그는 "절제하는 힘"(66행)을 알게 될 것이고, 세계를 지배하는 유피테르는 그를 더욱 강력하게 만들어줄 것이다. 호라티우스는 반대되는 예들, 유피테르에게 불경하게 도전했던 무리의 불행을 열거한다(43~80행).

그런데 무사 여신들이 카이사르 옥타비아누스에게 주는 지혜에는 "소박함의*lene*"(41행)라는 단어가 붙어 있다. 대개 '부드러운'이라는 뜻으로 해석하는데, 이는 우선 내전 동안 반대편에 섰던 자들에 대해 카이사르가 자비와 용서를 베푼 것과 연관된다고 해석되며,[23] 나아가 자기 절제와 경건한 태도를 가리킨다고 여겨지곤 한다.[24] 이런 해석에 힘을 보태는 것은 열일곱번째 연이다.

지혜 없는 힘은 제 무게로 쓰러질지니.
신들은 절제하는 힘을 더욱 위대한
위업으로 이끌며, 영혼에 온갖 불경을

부추기는 힘을 증오합니다.

여기서 '힘'은 무력이고 폭력이며 독재자의 독단과 아집을 의미한다. 이런 해석을 따른다면 '부드러운 지혜'는 "불경한"(42행), "무모한"(56행), "불경"(68행) 등과 반대되며, "공정한 통치"(48행)와 "절제하는 힘"(66행) 등과 같은 것이다. '부드러운 지혜'는 무사 여신들이 주는 "빛과 이성과 조화"다.[25] 시인은 통치자가 이를 무사 여신들에게서 배워, 적대적이고 야만적이고 폭력적인 세력에 대해 위엄과 힘을 보이면서 이들을 제압하는 동시에, 관용과 자비를 베풀어 국가적 안녕과 사회적 화합을 성취하길 기원한다. 이번에 무사 여신들이 '부드러운 지혜'와 근심을 떨쳐버린 "회복"을 카이사르 아우구스투스에게 준 것처럼, 예전에 무사 여신들은 시인에게도 그러했다(5~36행).[26] 어린 시절부터 내내 무사 여신들이 시인을 도운 것처럼, 카이사르에게 지혜를 가르쳐주며, 노고에 지친 카이사르를 회복시켜줄(40행) 생명의 잠을 호라티우스는 무사 여신들에게 기도한다.[27]

여기까지 수식어 "부드러운*lene*"을 통치자의 정치적 자비와 화해로 해석했는데, '부드러움'은 이제 다시 시인이 통치자를 초대하여 이끄는 공간과 그 공간이 전하는 지혜를 상징하는 '소박함'으로 해석된다.[28] 시인이 통치자를 초대하는 곳은 사비눔 계곡과 같은 시골인바, 현실적으로는 불가능한 일이겠지만, 수도 로마를 떠나 시인이 사는 시골을 찾은 통치자의 발걸음은, 시인이 지난날 도시를 떠나 시골의 삶을 향하여 내린 그의 선택과 의지가 걸었던 길을 따라간다. 그리고 결국 시골 삶의 자족과 소박함에 이른다. 도시의 풍요로움과 화려함을 버린 그는 시골의 소박함 속에 행복을 얻는다.

네번째 송가의 처음에 호라티우스는 무사 여신들을 부른다. 이내 무사 여신들과 함께 시인은 "사랑스러운 황홀"(5~6행)에 이끌려, "아름다운 시냇물"(7행)과 "산들바람이 불어오는 숲"(8행)으로 들어선다. 그리하여 어린 시절의 어느 날이 시인의 눈앞에 나타나고, 시인은 아직 말도 배우지 못한 어린아이(20행)였던 자신이 "도금양 덤불을 이불 덮고"(19행) 고요히 잠들어 있는(18행) 것, 신들의 도움과 보호가 있었기에 "씩씩한"(20행) 모습으로 깨어난 자신을 떠올린다. 어린 시절의 공간을 닮은 아름다운 자연환경으로 이름 높은 고장들, 프라이네스테(오늘날의 팔레스트리나), 티부르(오늘날의 티볼리)와 바이아이 등의 공간이 열거된다(21~24행). 그때처럼 무사 여신들은 시인이 어디를 가든 그를 보호한다(25~36행).

평화롭고 부드럽게 단잠에 빠져들던 어린 시절의 공간은 무사 여신들의 공간이다. 시인이 첫번째 로마 송가에서 "부드러운 단잠"의 장소를 "농부들의 누옥" "그늘진 강변" "서풍에 깨어나는 템페 계곡" 등으로 이름 불렀던바(21행 이하), 이는 자족을 아는 사람이 세속적 욕망과 욕심을 잊고 살아가는 무사 여신들의 공간, "사비눔 계곡"(47행)임을 우리는 상기해야 한다. 어린 시인의 일화와 어우러진 아름다운 공간들(21~24행)은 성인이 된 시인이 다시 찾은 무사 여신들의 공간, 사비눔 계곡으로 이어진다. 그런데 카이사르 아우구스투스에게 지혜와 회복을 전달할 장소도 "피에리아의 동굴"(40행), 전통적으로 무사 여신들의 신화적 공간으로 여겨지던 곳이다. "노고를 끝마치려는"(39행) 아우구스투스를 회복시키고 지혜를 가르쳐줄 피에리아의 동굴은, 무사 여신들과 함께 시인이 이르게 된 사랑스러운 황홀의 공간, 아름다운 물가, 따뜻한 서풍의 계곡과 다르지 않다. 시인 개인에게 무사 여신들의 공간이 앞서 그에게 소박함과 자족의 행복과 지혜를 깨닫게 했던 것처럼, 이제 시인은 통치자 "위대한 카이사르"에게도 무사 여신들이, 무사 여신들의 피에리아의 동굴이 소박함과 자족의 지혜를 가르치기를 바라마지 않는다.

다섯번째 송가의 주제는 '용기'이며, 세번째 송가와 유사한 구조를 가지는바, 이번에는 유노 여신의 연설 대신 레굴루스의 연설이 자리한다.[29] 세번째 송가와 다섯번째 송가는 네번째 송가를 싸고 있는 일종의 틀[30]로 이해될 수 있는데, 앞뒤의 송가가 둘 다 공통으로 '용기'를 다루고 있다.

여섯번째 송가는 로마의 어두운 미래를 미래의 "로마인"(2행)에게, 당연히 첫번째 송가의 "소년 소녀들"에게 들려주는 경고의 노래다.[31] 시민들의 도덕적 타락은 내전과 국가의 몰락을 불러왔으며, 이런 대결과 투쟁은 파국과 종말을 향해 점점 그 속도가 빠르게 전개되며, 이를 되돌리기는 이미 늦은 것처럼 보인다(45~48행). 무너진 신전과 파괴된 신상(1~6행), 혼인의 문란과 부정한 사랑(17~32행) 등은 역병이 되어 로마를 병들게 하고, 인민들의 삶을 피폐하게 만들었으며(20~21행), 이렇게 스스로 무너져가는 로마를 외적들은 정복하고 있다(9~16행). 하지만 이런 파국과 몰락에 직면한 로마에도, 이탈리아를 침공했던 퓌로스와 카르타고의 한니발, 안티오코스를 물리쳤던 옛날의 영광이 있었다(33~36행). 당시의 로마인들은 현재의 로마인들과 달리 도덕적으로 엄격했으며, 정신적으로나 육체적으로 강인했고 용감했기에 이런 영광을 누렸던 것이다.

이렇게 "로마인"(2행)은 지난날의 영광을 모조리 무너뜨리는 세월의 저주를 겪으며, 조상의 죄를 이렇게 대속했다. 고통과 고난을 몸소 겪어 새롭게 태어난 로마인은 "사비눔"(38행)에 자리 잡고 뿌리를 내린다. 이 로마인을 부모로 하여, 미래의 로마인들이 똑같이 도덕적 탁월함으로 빛나는 부모들에게서 태어난다(33행). 미래의 로마인은 이러하다(37~44행).

농촌에서 자란 병사들의 사내다운
자손은 밭에서 사비눔의 곡괭이로
흙덩이를 뒤집고, 엄한 어미의
지시를 받들어 패놓은 장작을

익숙하게 짊어져 나른다. 태양이
마차를 멈춰 세우고 달콤한 시간을
이끌어오고, 산 그림자가 바뀌어
지친 소들이 멍에를 풀 때까지.

사비눔의 가난과 척박한 환경을 견디며 부지런하게 불평 없이 주어진 일을 수행하던, 종일 멈추지 않고 "엄격한 어미의 지시에 따라"(39행) 충직하게 일하던 소년은 강인한 부모들의 가르침으로 역시 강인한 청년으로 장성하여, 고단함과 척박함을 견디며, 사내다운 모습으로 용감하게 적과 싸울 수 있었다.[32] '못난 조상에게서 더욱 못난 우리가 태어나고, 못난 우리에게서 더욱 못난 자손이 태어나는'(46행 이하) 세계 원리는, 도덕적으로 탁월한 부모가 물려받은 덕목을 더욱 굳건히 지켜나갈 충직한 자손을 낳을 것이라는 낙관도 가능하게 한다.

로마 송가는 전체적으로 소박하고 강인하며, 부지런하고 충직했던 옛날의 로마, 농촌에서 땅을 일구며 씩씩하게 살아가던 행복의 시절, 생명력과 기운이 넘쳐흐르고 건강했던 시대를 회상하는 가운데, 본받아야 할 도덕적 탁월함과 덕목의 본보기를 미래의 로마인들에게 제시하여 행복한 삶의 권고와 가르침을 전하고 있다. 아우구스투스의 정치적 성과는 당시 사람들의 뇌리에 깊이 각인되었으며, 그것은 호라티우스에게도 마찬가지였다. 값비싼 대가를 치르고 나서야 비로소 평화가 정착될 수 있었다. 호라티우스는 아우구스투스를 이 평화를 회복한 사람으로 칭송하며,[33] 이 칭송은 아우구스투스가 이룩한 현실 정치에 대한 시인의 기대를 반영한다. 하지만 이런 기대와 칭송을 근거로 호라티우스가 아우구스투스 체제를 옹호하고 선전했다고 해석하는 것은 성급하다. 이런 기대와 칭송은 시인의 전망이 실현될 가능성이 확대되는 시대적 흐름을 환영하는 모습일 수도 있다. 사실 아우구스투스와는 별개로, 동시에 아우구스투스와 나란히 호라티우스는 새로운 사회와 행복한 미래를 사비눔 등 농촌에서 찾았다고 하겠다.[34]

모든 덕의 토대는 호라티우스에게 농촌 삶이었다. 소박함, 용감함, 강직함, 정직함, 경건함과 충직함이 이곳에서 시작된다. 그렇지만 마음을 괴롭히고 요동치게 하는 사나운 욕망과 욕심에서 벗어난 농촌 삶은 가난한 삶이다. 그래서 용기 등의 덕목이 요구되는 것일지도 모른다. 고통과 공포를 재촉하는 탐욕과 야심에서 벗어나고 풍요와 안락을 포기함으로써 우리는 가난에 이르지만, 역설적으로 가난은 호라티우스가 보기에 평온과 쾌락으로—에피쿠로스의 말을 사용하자면 '마음의 동요 없음'[35]—우리를 이끈다.

호라티우스는 『서정시』 II 16에서 '평온'을 얻으려 애쓰는 인간 군상들을 열거한다.[36] 첫머리에 세 번 반복되는 평온은 위협적인 먹구름과 폭풍우에 맞선 무모한 항해(1~4행)와 대조되고, 무서운 전쟁 혹은 전쟁 위협(5~6행)과 대조된다. 부유한 상인들, 두려움을 모르는 군인들, 그리고 막강한 정치가들도 평온을 갈구한다. 그런데 이들이 평온을 구하는 방법은 한없이 재산을 늘리는 것, 혹은 멀리 동방의 이방인들을 제압하는 것, 혹은 커다란 정치권력을 행사하는 것이다. 하지만 이것으로 그들이 얻은 것은 평온과 정반대의 것이었다. 이들은 권력과 재력을 향한 모든 노력에도 불구하고,[37] 신들에게 올리는 간곡한 기도에도 불구하고 평온을 얻지 못한다(1행). 평온은 재력이나 권력으로 빼앗거나 살 수 있는 것이 아니기 때문이다(7~8행). 이들이 지나가는 에게해 넓은 바다에 격랑이 멈추지 않는데, 그것은 결국 그들이 "마음속 가련한 혼란과 근심을 결코 쫓지 못하기" 때문이다(10행 이하). 그들이 자신과 자신의 마음가짐을 바꿀 수 없기 때문이고(20행), 그들이 가진 "악습에 찌든 근심"(21행), 그러니까 탐욕을 버릴 수 없기 때문이다. 에피쿠로스는 최고의 행복을 고통의 부재에 두었는데, 이때 그가 사용한 비유는 '무풍*galhvnh*'[38]이다. 호라티우스의 '평온'도 폭풍처럼 혹은 전쟁처럼 사나운 욕망이 사라진 고요한 마음 상태, 마음의 동요 없음을 의미한다.

"짧은 삶을 사는 우리는 어찌하여 애써 많은 것을 추구할까?"(17행 이하). 여기서 '많음'은 재산과 권력을 가리키는바, 재산과 권력의 많음이 '평온'을 가져올 것이라는 믿음을 가진 사람들이 '많음'을 추구한다. 그들은 지금 여기에 없는 평온을 찾아, 어디 먼 곳을 먼 훗날을 기약하며 떠돌아다닌다. "어찌 낯선 태양이 끓는 땅을 찾아갈까?"(18행 이하) 과연 미래의 어디 다른 곳에서 장차 부와 권력을 얻게 되면 평온은 따라오는 것인가?[39] 하지만 평온을 얻지 못함이 과연 부와 권력의 부재 때문일까? 시인은 미래의 평온을 위해 권력과 재산을 쌓고 획득하려는 자들의 무모함과 그들에게 닥칠 절망을 눈앞에 떠올린다. 시인은 '많음'이 평온을 가져올 것으로 믿기 때문에 오히려 평온은 더욱 멀어지는 것이라고 진단한다.[40] 이들이 멀리 떠나기 위해 배에 오르고 말 등에 앉으면, 이런 잘못된 생각[41]에 휘둘리는 이들을 절대로 떠나지 않으며 언제나 이들과 동행한다(21행 이하).[42] 헛되며 가망 없고 무모한 분투를 멈추고 이런 분투를 부추기는 '자기 자신'에서 벗어나야 한다. 이렇게 평온을 얻고자 하는 노력은 정신적이고 내면적인 태도의 문제가 된다.[43]

가난으로 행복하나니, 작은 식탁 위에
조상이 물려준 소금통이 빛을 발하며,
지저분한 걱정과 욕심은 가뿐한

단잠을 빼앗지 않으리다.

그래서 호라티우스는 "가난으로 행복하나니"(13행)를 노래하는데, 가난하지만 행복한 삶은 '평온'하다.[44] 물론 "가난"(25행)을 견디지 못하는 이에게 가난은 당연히 '쓰라림'(27행)이고 고통이다. 평온한 고향에 돌아와 안락을 얻었던 상인은 하지만 이내 고향의 가난을 견디지 못하고 다시 길을 나선다.[45] 하지만 평온을 얻으려는 온갖 시도는, 평온이 언제나 "멀리 나중의 일"(25행)로 머무는 쓰라린 경험으로 상인에게 되돌아온다. 『서정시』 II 16의 수신인 그로스푸스(7행)는 엄청난 부를 소유하고 있다. 그의 재산은 누구도 그보다 더 가질 수 없을 만큼의 재산이다. "일백 마리"(33행)는 완전함을 상징하는데, 여기서 완전함은 많음을 의미한다. 완전함보다 더 많을 수는 없기 때문이다. 또 그는 엄청난 권력을 가지고 있다. 사륜마차, 붉은색으로 물들인 고급스러운 의복은 그로스푸스의 위신과 지위를 나타낸다(34~36행). 이 정도면 누구나 그럴 것이라고 믿는 것처럼 평온한 삶을 누리려 한다. 그런데 그로스푸스는 아직 '평온'을 누리지 못한다. 부족한 것이 없고, 더는 추구할 것이 없는데, 어찌하여 "멀리 나중"(25행)을 걱정하는 삶을 벗어나지 못하는 것일까?

그렇다. 평온은 전쟁으로 탈취할 수 있는 것이, 권력으로 강제할 수 있는 것이, 재력으로 살 수 있는 것이 아니다(1~8행).[46] 오히려 '투쟁'하지 않는 시인은 '평온'을 누리고 있으며, "마음속 가련한 혼란과 근심"(11~12행)은 시인에게서 멀리 있다. 시인은 작은 시골 땅(37행)에서 평온하게 살고 있고, "질투에 눈먼 무리"(39~40행)와 멀리 떨어져 전혀 다른 삶을 살아간다. 시인의 단출한 식탁에는, 그로스푸스가 누렸을지 멀리 이국땅에서 구해온 진귀한 향신료들은 찾아볼 수 없다. 하지만 오직 시인의 조상들이 그렇게 살아왔듯 "소금통이 빛을 발하는"(14행) 시인의 식탁에는 "지저분한 걱정과 욕심"(15행)도 찾아볼 수 없다. 시인은 즐거운 마음으로 노래한다(38행). "가난으로 행복하게 살아가는"(13행) 지금 이 순간, 운명은 시인에게 그로스푸스에게 허락하지 않은 평온을 허락한다. 그에게 운명은 평온을 시인 평생토록 보장한다. 그에게 "운명은 거짓말하지 않는다"(39행). 이때 호라티우스에게 "쓰라림"(27행)과 반대되는 "단잠"(16행)과 "태평한 웃음"(26행), 행복한 삶이 찾아든다. 행복을 약속하는 것처럼 보이는 부와 권력을 쫓는 자는 미래의 행복을 위해 살지만, "현재의 삶"(25행)의 평온은 자족하는 자에게 돌아간다. 마무리 연에서 "가녀린 노래*tenuis spiritus*"(38행)는 무사 여신들이 시인에게 배운 것으로, 크고 화려하고 넘치고 사치스러운 무엇이 아닌 '보잘것없는*tenuis*' 것에도 즐거워 노래하는 '마음*spiritus*'을 가리킨다. 평온을 정확하게 이해할 줄 아는 마음은 현재를 살아가며, 지금 그가 머물고 있는 "가난한 시골"(37행)에서 행복과 평온을 누린다.

농촌 삶이 욕망에서 벗어난 자족의 가난한 삶이 주는 평온이라면, 이것은 또다른 의미에서 많은 사람이 거주하는 도시를 멀리 떠난 은둔의 삶이기도 하다. 이런 삶을 받아들이지 못하는 사람들에게 농촌 삶은 마치 멀리 버려지고 황폐한 곳에서 살아가는 고단한 삶을 떠오르게 한다. 하지만 시인이 보기에 후미지고 궁벽한 외딴 골짜기에 은둔한 삶에서 근심은 오히려 멀리 떨어져 있다. 은둔의 삶은 안전한 삶이며, 에피쿠로스의 말에 따르자면, 따라서 행복한 삶이다.

『서정시』 I 22는, 일반적인 해석에 따르면, 충실하고 흠잡을 데 없는 도덕적 인간은 낯선 곳에서도 위험을 두려워할 필요가 없음을 역설하는 시다. 도덕적으로 흠잡을 데 없는 인간 전형을 카토와 같은 스토아주의를 대표하는 인물에서 찾는 사람들도 있다.[47] 카토는 기원전 47년 북아프리카의 험난한 행군을 성공적으로 완수했는데, 이 시의 6행 이하에 언급된 지명들이 카토의 행군 경로를 상기시킨다. 또 시인도 충실하고 흠잡을 데 없는 인간으로 심지어 늑대를 마주치더라도, 사랑의 충직함을 지키는 인간을 돌보는 베누스의 가호 아래 두려워하지 않는다. 그래서 시인이 "노래하고"(10행), "사랑하는"(23행) 삶을 사는 것은 그가 "죄는 티끌만한 것도 없는 삶"(1행)을 살아가기 때문이라는 해석이다. 하지만 사랑의 여신 베누스가 만약 누군가를 지켜준다면 그것은 그가 사랑에 빠졌기 때문이지, 거짓 없는 사랑을 하기 때문이 아니라는 점에서 이런 해석은 매우 이례적이다.[48]

사비눔의 늑대도 무장 않은 나를,
랄라게를 노래하며 마을의 경계 넘어
근심치 않고 멀리까지 쏘다니던
나를 해하지 않았다.

서정시 '죄는 티끌만큼도 없는 삶'의 공간은 사비눔(9행)이다.

도시에서 멀리 떨어진 사비눔을 도시에 머무는 푸스쿠스가 그의 시각에서 상상하는 대로 호들갑 떨며 수다스럽게 지껄이고, 푸스쿠스와 그의 상상을 반박하면서 시인은 사비눔의 모습을 우리에게 이야기한다. 푸스쿠스에서 사비눔은 무서운 늑대의 고향(13~16행)이다. 도시의 성벽 밖은 어쩌면 온갖 위험으로 가득하고(5~8행) 사람이 도저히 행복하고 안전하게 살아갈 수 없을지 모른다. 그래서 모든 사람은 자신을 지키기 위해 손에 무기를 단단히 쥐고 있어야 한다(2~4행). 또 푸스쿠스의 입장에서 보면 사비눔은 생명이 없는 불모지(17행)이고, 열풍이 몰아치는 사막(18행)이고, 안개와 추위가 몰아치는 혹한의 땅(19행), 적도에 가까워 아무도 살 수 없는 혹서의 땅(21행)일지 모른다.[49] 푸스쿠스의 이런 생각을 호라티우스도 반복적 명령(17행, 21행)으로 확인해준다. '그래, 그래 나는 그런 곳에 살고 있으니, 그렇게 믿고 싶다면 그렇게 믿으려무나' 하고 말하는 것처럼 보인다. 푸스쿠스에게 시인이 살아가는 은둔의 삶은, 익살스럽게 호라티우스가 수긍하는 것처럼, 목숨을 위협하는 적들로 가득한 세상, 생명이 살아갈 수 없는 불모의 땅, 척박한 자연환경에 고통 받는 지역, 살아 있는 것이라고는 오로지 무서운 야수들뿐인 곳으로 보일 수도 있다. 그런데 이것은 우리에게, 푸스쿠스의 잘못된 생각을 고쳐주려는 일종의 익살처럼 들린다.

희극 작가 푸스쿠스의 지적을 비판하고 고쳐주려는 의도를 분명하게 전달하는 것은 "죄는 티끌만큼도 없는 삶"이라고 쓴 수수께끼 같은 첫번째 시행이다. "죄*scelus*"를 '사랑의 충실함'과 대비시키는 해석상의 난점을 피할 새로운 해석의 시도가 필요하다.[50] 시야를 넓혀보면, 『서정시』 I 3에서 호라티우스가 인간의 역사 자체를 '죄'로 이해하고 있음이 발견된다(37~40행).

인간에게는 못할 일이 없었다.
우리는 어리석게도 하늘을 도모하며
우리의 범죄로 유피테르가
성난 번개를 던지도록 만들었다.

친구 베르길리우스가 그리스로 떠나는 배에 올랐을 때 호라티우스는 그를 떠나보낸다. 우리가 아는 시인 베르길리우스일지도 모른다. 베르길리우스는 로마 건국 서사시를 끝마친다는 계획으로 그리스 여행을 감행했고, 호라티우스가 불안하게 생각했던 것처럼, 귀국 도중에 열병으로 사망한다. 불안한 마음을 감출 수 없었던 호라티우스는 베르길리우스의 여행을 계기로—과장되게도—인간사 전체를 돌아본다. 물론 과장은 걱정과 불안을 드러내는 증거라고 하겠다. 호라티우스가 돌아본 인간사에서, 인간들은 배를 건조하고 바다를 건너며 신들이 정해놓은 세계 질서에 도전했다. 인간에게 금지된 불을 훔쳐왔고, 인간에게 금지된 하늘은 물론 망자들이나 갈 수 있는 하계까지 침범했다. 그리하여 "어리석음"(38행)으로 저질러진 "범죄"(39행)는 결국 유피테르의 분노를 샀으며, 그 결과 인간들에게 질병과 쇠약 그리고 파멸(30행~33행)이 닥쳐왔다. 시인이 보기에 인간사 전체는 어리석음과 범죄로 각인된 세계 사건이었다.

자기 파멸에 이르는 어리석은 전쟁도 인간들이 어리석음으로써 내려간 세계사의 한 부분이다. 로마인들은 서로를 향해 무기를 들었다. 호라티우스는 이를 '형제 살해의 범죄'라고 규정했다.[51] 시인은 이런 동료 시민들을 향해 이렇게 외쳤다. "어디로, 죄인들아, 어디로 달려가느냐?"[52] 호라티우스의 동시대인들은 서로 무기를 들고 형제들을 살해했던 조상들의 범죄와 악행 때문에 그 벌을 짊어지고 있다. "선대의 죄로 벌어진 전쟁, 전쟁 함성을 몇 안 되는 후손이 듣겠다."[53] 이렇게 볼 때 "죄는 티끌만큼도 없는 삶"의 의미도 분명해진다. 필연적으로 자기 파멸로 이어질 세계사의 흐름에서 벗어난, 형제 살해라는 저주받은 운명이 대를 이어가는 곳에서 벗어난 삶이다. 세계사와 떨어져, 세계사에 휘말리지 않는 삶은 은둔의 삶이라고 부를 수 있다. 호라티우스가 여기서 보여주는 은둔의 삶은 세상에서처럼 자신을 지키기 위해 무기를 손에 잡을 필요가 없다(9~12행).

사비눔(9행)은 세상사에서 벗어나길 원하던 시인이 찾은 은둔의 삶을 상징하는바, 늑대 일화는 우리에게 이런 해석을 가능하게 한다. 시인이 언젠가 아무런 무기도 들지 않고 가벼운 마음으로 산책하며 다다른 곳에서 늑대를 만났다는 일화를 들려주면서, 실제로 늑대를 사비눔의 숲에서 맞닥뜨릴 수 있을지, 그 가능성과 현실성을 늑대를 "괴물"(13행)이라고 부르는 과장을 통해 지워버린다.[54] 다시 한번의 익살스러운 장난으로 그만큼 안전한 삶임을 말해준다. 시인과 마주한 늑대는 멀리 건너편에 머물러 있었고 곧이어 도망쳐버렸다. 여기서 시인이 하고 싶은 말은 이것이다. '근심은 마을의 경계 저 멀리에 떨어져 있다'(10행).[55] 은둔의 삶은 오히려 안전한 삶이다. 그런 삶을 살아가는 시인은 한가롭게 사비눔의 숲을 산책하며 "랄라게"(10행)를 노래한다. "랄라게"는 시인의 즐겁고 가벼운 마음을 의미한다.[56] 시인은 이곳에서 랄라게를 노래하고(10행), 그녀를 사랑할 것이다(23행).

3장

풍자시의 정석 : 교육자 시인

"풍자가"[1] 호라티우스의 『대화*sermones*』 I 4와 I 10과 II 1은 그의 풍자시에 지적된 '흠결'을 변명하는 풍자시 문학론을 담고 있다.[2] 호라티우스는 최초의 풍자시인 루킬리우스의 과도함을 지양하고 "훌륭한 시"[3]로서의 풍자시를 쓰는 데 지켜야 할 "일종의 덕목"[4]을 찾았다. 그는 가혹하지 않으면서, 세련되고 정제된 풍자시를 추구한 것이다.

그래서 호라티우스의 풍자시 『대화』를 읽으면 우리는 자꾸 '이렇게 써도 풍자시일까?'라고 질문하게 된다. 풍자의 알맹이가 없기 때문인데, "풍자가"라는 명성이 무색할 정도다. 이런 의구심은 시인 당대에도 있었다.

"제가 너무 신랄하고 계율을 넘어 풍자시를 팽팽히

당긴다 보는 사람들이 있다. 제가 박력 없는 걸 온통
썼다 생각하는 이들도……"

『대화』 II 1, 1~3행

호라티우스는 이렇게 보고한다.[5] 지나치게 신랄하다는 비판은 희생자라면 당연한 불평인바 오히려 여전히 호라티우스의 풍자시가 '그래도 여전히' 풍자시임을 말해준다. "계율"을 어겼다는 비판은 호라티우스 본인이 『대화』 I 4와 I 10에서 천명한 창작 규범이 있었음을 말해준다. 창작 계율을 따르지만, 그래도 생활에서 만나는 악덕 때문에 자연이 시인에게 부여한 공격 본성은 자극받는다(II 1, 45행 이하). "박력 없다"라는 치명적 비판은 루킬리우스의 매우 신랄한 풍자시를 지지하는 사람들에게서 나올 법하다. "인간들에게 가슴 깊은 곳의 불꽃 시구를 건네던"[6] 뜨거운 분노가, "대단히 솔직하게"[7] 조롱하던 신랄함이 호라티우스의 풍자시에 이르러 크게 위축되어 줄어버린 것이다. 그래서 호라티우스의 풍자시는 윤리적 철학적 논구에 가깝다.[8]

여기서 우리는 '시인 교육자론'의 시각에서 이런 '위축'을 설명하고자 한다. '웃음을 통한 교육'을 목표로 호라티우스가 풍자시에 어떤 창작 계율을 제시했는지, 그것이 그의 풍자시를 어떻게 바꿔놓았는지를 살펴보고자 한다.

독설 문학류*maledictum carmen*[9]는 흔히 비방, 조롱, 야유, 질책, 비난, 비판 등 '대담하고 솔직한 직설*parrhesia*'의 방식으로, 축출, 배제, 모욕, 각성, 계몽 등을 의도한다. 독소, 냉소, 조소, 해학 등을 동반하여 때로 중상, 모략, 음모로 보일 수도 있다. 독설 문학류는 그리스 문학에서 아리스토파네스를 대표로 하는 구희극과 아르킬로코스의 얌보스 등을, 로마 문학에서 루킬리우스의 풍자시, 호라티우스의 풍자시와 비방시 등을 들 수 있다. 호메로스 서사시의 테르시테스 장면은 오래전부터 비방 문학이 존재했음을 암시한다.

아리토파네스의 희극은 전쟁, 민중 선동, 소위 계몽 운동, 법정 부패, 남소濫訴 등 '사회정치적 해악'을 대상으로 삼았다.[10] 그의 문학은 소크라테스, 에우리피데스의 실명實名 비판ὀνομαστὶ κωμῳδεῖν *notare*[11]까지 서슴지 않았다.[12] 얌보스의 호메로스[13] 아르킬로코스는 분노와 증오의 개인적 감정을 표출함으로써 희생자의 죽음을 초래했다.[14] 이런 "죄 많은"[15] 얌보스를 핀다로스는 이렇게 증언한다. "나는 불평꾼 아르킬로코스를 멀리서 무기력하게 바라본다. 그는 무서운 욕설의 증오심으로 자신을 살찌우고 있다."[16]

로마 독설 문학류는 풍자시와 비방시다. 비방시는 호라티우스가 로마에 처음 소개한, 아르킬로코스의 얌보스를 잇는 문학이다.[17] 한편 '*satura*'라는 제목의 글을 처음 쓴 엔니우스의 "불꽃 시구"가 어떠했을지는 다만 짐작할 뿐이다.[18] '*satura*'가 뚜렷한 풍자 성격을 가진 것은 루킬리우스의 공이다. 호라티우스가 보기에 그는 서툰 '풍자시'의 "발명자"였다.[19] 루킬리우스[20]는 아리스토파네스 등의 "구희극을 전적으로 따랐으며," "대단히 솔직하게 지적했다." '대단한 솔직함'은 오히려 루킬리우스가 구희극을 능가한다고 호라티우스는 평가한다.[21] 루킬리우스는 스키피오와 라일리우스, 메텔루스와 루푸스 등 당대의 저명한 정치가

들과 장군들을, 그리고 인민도 분구별로 공격 대상으로 삼았다.[22]

> 라일리우스나 혹은 저 분,
> 카르타고를 무찌르고 명예의 이름을 얻으신 분도
> 그의 재간에 마음 상했었죠? 메탈루스가 상처받을 때
> 루푸스가 그의 유명한 시구로 얻어터질 때? 그런데
> 그는 인민의 지도자들에다 인민도 분구별로 붙잡았죠.
>
> **『대화』** II 1, 62~69**행**

이렇게 "대단한 해학으로 수도를 세게 문질러대던"(I 10, 3~4행) 신랄한 루킬리우스의 풍자시를 어떤 사람들은 칭송하지만, 그렇다고 그의 풍자시를 "훌륭한 시"라고 할 수 있을까라고 호라티우스는 묻는다. 만일 웃음만을 고려한다면, 라베리우스의 저속한 익살[23]도 훌륭한 시라는 호라티우스의 답은 루킬리우스 풍자시의 신랄함이 과도하다는 판단에 기초한다. 이런 평가의 끝에 호라티우스는 신랄함을 덜어낸 웃음이 신랄함보다 강력한 효과가 있음을 지적함으로써 루킬리우스 풍자시의 신랄함이 가진 실효성의 한계를 지적한다.

> 웃음이 신랄함보다
> 강력하고 훌륭하게 큰일을 상당 부분 해결한다.
>
> **『대화』** I 10, 14~15**행**

과도한 신랄함에 이르긴 했지만, 그래도 루킬리우스의 웃음은

선의에서 출발한다. 호라티우스도 인정하는 부분이다. 공동체적 과오의 비난은 정치 거물이라도, 아니 정치 거물이기 때문에 용서하지 않았다. 반면 덕의 칭송도 있었다. 그랬기 때문에 정치 일선에 있을 때는 그의 희생자였지만, 은퇴 후에도 같이 어울릴 수 있었다.

> 분명 그는 오직 덕과 그 친구들에만 호의적이었죠.
> 물론 대중들의 무대로부터 외딴 곳으로 옮겨 나와서
> 스키피오의 덕과 라일리우스의 온화한 지혜는
> 그[루킬리우스]와 잡담을, 터놓고 농담하곤 했습니다.
>
> 『대화』 II 1, 70~73행

루킬리우스의 웃음은, 그리고 당연히 호라티우스의 웃음은 "익살로 웃기는 자처럼 그리 다르지 않은"(I 1, 23행) 웃음이었다. "상처 주길 즐기며 이런 열정에 비뚤어진"(I 4, 78행 이하) 웃음은 호라티우스 본인이 주장하는바 그의 영혼과 글에서 멀리 있었다(I 4, 101~102행 이하).

하지만 루킬리우스나 호라티우스의 웃음과 달리 악의적 웃음이 있었다. 목욕탕과 광장에서 비행과 과오를 들추어서 상대방을 망신 주는 사람들이 있었다. "상식"과 "시기"를 고려하지 않고 폭로와 고발을 즐기는 자들이었다.[24]

> 뒤에서 헐뜯고, 친구를
> 남이 비방할 때 옹호하지 않는 자, 사람들을 멋대로

조롱하고, 수다쟁이가 전하는 풍문을 낚아채는 자,
보지 못한 걸 지어낼 수 있는 자, 들은 걸 침묵하지
못하는 자가 악당이다. 로마인아, 이자를 조심하라.

『대화』 I 4, 81~85행

이들은 "공허한 자들", 다시 말해 어리석은 자들이다.[25] 다른 사람들에게 "오징어 먹물"을 끼얹는 "악당"이다.[26]

풍자 위축의 까닭을 설명하는 가설은 우선 호라티우스의 말마따나 "신분과 재능이 루킬리우스 밑이기"[27] 때문이라는 것이다.[28] 하지만 이런 '위축'은 혈통귀족 루킬리우스와 해방노예의 아들 호라티우스라는 신분 격차만으로 설명되지 않는다. 신분 격차를 뛰어넘는 마에케나스와의 우정은 차치하고라도, 호라티우스가 아우구스투스에게 보여준 태도는 시인 호라티우스가 신분에 구애받았다는 주장을 의심케 한다. 아우구스투스가 시인에게 개인비서 자리를 제안했지만, 호라티우스는 건강상의 이유로 거절했다.[29] 또 호라티우스가 아우구스투스에게 보낸 편지 『서간시』 II 1은 이렇게 시작한다. "당신이 홀로 떠맡아 많은 일을 수행하시니, 이탈리아를 군대로 지키며 윤리로 무장시키며 법률로 바루시니, 긴 편지로 당신 시간을 빼앗아 공익에 해를 끼칠까 걱정입니다, 카이사르여." 여기서 '혼자 고생이 많다'는 말이 칭송으로 들리지 않는다면, 우리는 호라티우스의 기개를 칭송해야 한다.

다른 가설은 경찰 검열에 의한 위축이다. 아우구스투스의 '윤리 무장'과 관련된 사인이다. 예를 들어 그리스 구희극에 가해진 법적 제재와 유사한 성격의 것이 풍자시에도 가해졌을 수 있다.

이는 특히 '신랄함' '실명 비판' 등의 "자유 언사*libertas*" 때문에 발생했을 것이다. "한데 자유 언사는 범죄로 변하고 징벌이 필요한 폭력이 되었습니다. 법 제정으로 합창대는 비방 권리를 무참히 잃고 입을 닫았습니다."[30] 또 로마에서도 비슷한 법적 제재가 있었다. 저속한 욕설을 주고받던 페스켄니아 비방시의 "자유 언사"가 험악한 욕설과 분별없는 분노로 변질되었을 때 로마 정부는 "심지어 법률에 처벌조항이 생겨났으니, 비방요로 누구도 상처받지 않도록"[31] 이를 제재했다. 이런 제재와 처벌을 호라티우스는 풍자시와 관련해서도 언급하는바, 호라티우스가 자문하는 법률가 트레바티우스는 풍자시를 자제하도록 권고하며 이렇게 말한다. "누군가를 향해 비방요를 짓는 사람은 법정에 가서 재판을 받는다."[32] 그런데 호라티우스 당대에, 적어도 『대화』의 출간과 관련하여 출판물에 의한 명예훼손에 대해 법적 처벌의 실제적 가능성이 있었는지 논쟁의 여지가 있다.[33]

한편 이런 '위축'은 호라티우스 시대의 문학론이라 할 칼리마코스 미학의 영향 때문일 수도 있다. 특히 『대화』 I 5 '브룬디시움 기행*Iter Brundisium*'은 그런 의혹에 힘을 보탠다. 옥타비아누스의 중대 정치 사안을 맡아 남쪽으로 향한 협상단은 당대의 쟁쟁한 정치가들로 구성되어 있었고, 이런 여행단에 의례적으로 합류하기 마련인 시인과 광대들 사이에서 호라티우스는 역사적 중대사의 증인임에도 불구하고 '거대 서사'에는 무관심하며 시종일관 사소한 이야깃거리에 집중한다. 또한 호라티우스가 루킬리우스의 풍자시를 비판하는 배경에 칼리마코스의 유명한 비유가 등장한다. 호라티우스가 루킬리우스의 풍자시를 두고 "지저분하게 흘러간다"[34]고 하였는바, 칼리마코스는 서사시를 두고 "아시리아의 강은 큰 물줄기를 이루지만 물에 뭍에서 온 온갖 오물과 쓰레기를 쓸고 간다"[35]고 말했다.

풍자시에 적용된 "창작 계율*lex operis*"[36]은 풍자시 위축을 야기했다. 호라티우스는 신랄함을 접었다. 풍자시의 철필을 칼집에 꽂아둔 칼에 비유하며 그는 '왜 제가 위험한 날강도도 없는데 칼을 꺼내들겠습니까?'라고 반문한다.[37] 그의 풍자시는 누구도 '상처 입히지' 않는다.[38] 그리하여 "특히 가혹함과 심각함을 완화시키고 이완시키는 한편 논증들로 씻어내기 어려운 불쾌한 사안들을"[39] 완화시키기 위해 호라티우스는 웃음을 채택했다. 나아가 키케로의 말처럼 "오로지 혹은 대부분 웃음은 추하지 않게 추함을 드러내고 지적하는 것에서 일어나는바,"[40] 호라티우스는 추함을 폭로하는 '추하지 않은 방식'을 추구한다.[41] 그가 보기에 타락한 '세태*mores*'를 다룰 때도 지켜야 할 '방식*mores*'가 있었던 것이다.

이와 관련하여 호라티우스의 풍자시 모음집에 붙여진 '대화*sermo*'라는 명칭은 벌써 호라티우스의 풍자시가 취할 문체를 암시한다. 호라티우스는 풍자시를 운율을 가진 '대화'라고, 자신을 이런 의미에서 "대화에 가까운 글을 쓰는 사람"이라고 규정한다.[42] 말의 교환이 '대화'라고 불리기 위해서 대화는 필요한 적절한 규칙이 필요하다.[43]

호라티우스는 '대화'의 규범, 훌륭한 풍자시가 지녀야 할 "일종의 덕목"을 이렇게 정리한다. "대화"의 덕목은, 호라티우스의 생각에 따르면, 간명함*brevitas*와 고상함*urbanitas*이다.

그렇더라도 여기엔 일종의 덕목이 있다.
간명함이 필요하다. 의도가 달려갈 수 있도록, 혹은
지친 귀를 짓누르는 말들로 걸리적거리지 않도록.
또 **대화**에 필요한 건 때로 진지함, 자주 익살스러움,
때로는 연설가와 시인의 역할을 해내기도 하고
때로는 **고상함**도 필요하니, 그 강도를 아껴 축소하고
그 강도를 의도적으로 늦추는.

『대화』 I 10, 9~14행, 강조는 옮긴이의 것

우선 간명함의 덕목은 대화의 뜻이 전달되는 것을 방해하는, 서로의 말을 알아들을 수 없게 하는 수다스러움과 배치된다. 이런 "흠결"은 다듬어지지 않은 풍자시의 원조 루킬리우스에게 나타난다.

그는 재치 넘치고
시원하게 뚫린 코이나, **억세게** 시행을 만들었다.
이는 흠결인바, 종종 한 시간에 200의 시행을,
대단한 양, 외다리로 불러주곤 하였던 것이다.
지저분하게 흘러갈 때, 이를 씻어주고 싶을 건데,
수다스러울 뿐, 글 쓰는 수고를 **게을리**했으니,
올바른 글쓰기를. 많이 쓰는 건 난 관심 없다.

『대화』 I 4, 7~13행

"억세다"는 양가적이다. 재치가 넘치고 지혜로웠다는 칭송에

이어지는바, "종종 한 시간에 200의 시행을, 대단한 양, 외다리로 불러주곤" 하는 끈기와 강인함의 칭찬처럼 보이는 한편, 동시에 흠결 비판으로도 읽힌다. 한편 흠결 '억세다'가 '말수'가 아니라 '운율'을 지적한다는 해석이 있을 수도 있다. 왜냐하면 호라티우스가 이 비판을 나중에 "루킬리우스의 시행은 무질서한 걸음으로 달린다 말했다"(I 10, 1~2행)고 정리하기 때문이다. 여기서 '걸음'은 운율을 뜻한다. 그럼에도 운율 등 형식 결함을 야기한 근본적 흠결은 '수다스럽다'였다.[44] 마찬가지로 흠결 "지저분하다"[45]는 앞서 언급한 칼리마코스의 거대한 강 비유에서 언급되는바 형식에만 국한되지 않는다. "수다스럽다"는 명백히 간명함에 반한다. 또 흠결 "태만하다"는 '억세다'와 '수다스럽다'에 배치되는 평가로 보일 수도 있기 때문에, 호라티우스는 "올바른 글쓰기"의 태만임을 명확히 강조한다. "올바른 글쓰기 *scribendi recte*"는 우선 '맞춤법 *ortho-graphia*'의 문제다.[46] 루킬리우스 본인은 맞춤법을 "배우도록 애쓰시오"[47]라고 명했다. 또 그를 호라티우스는 "공부에 느린 자들" 가운데 하나로 꼽았는바, 이런 비판은 "라티움의 언어와 그리스어를 섞어 쓰는" 흠결 때문이다(I 10, 20~35행). 흠결 '태만하다'는 맞춤법의 문제와 '국어 순화'의 문제를 포함한다.

그런데 "완결 저 멀리 *ultra perfectum*"에 있는 이런 문체적 흠결들도, 호라티우스가 보기에, 루킬리우스의 '급류보다 격렬한 성정', "식사 전에 200행을 쓰고 식사 후 같은 수를 쓰길" 즐기던 재능 때문이었다(I 10, 60~71행). 루킬리우스의 과도한 '수다'가 문체적 흠결을 다듬고 고치는 기회를 박탈한 것이다.

프레스코 벽화, Villa di Livia

이런 루킬리우스와 자신은 다르다고 호라티우스는 말한다. 그에 따르면 그는 '많이 쓰는 건 관심이 없는' 사람이고, '말도 없고 말수도 적은' 사람이다(I 4, 13행과 18행). 앞서 "간명함"의 덕목은 대화에서 말과 말뜻이 잘 전달되고 방해받지 않기 위해서 필요한 것임을 분명히 하였는바, 간명함을 요청한 『시학』에서는 이를 교육과 연관시킨다. "모든 가르침은 간명할지라. 그래야 말을 영혼이 얼른 알아듣고 단단히 잊지 않습니다."[48]

'대화'가 갖추어야 할 두번째 덕목은 고상함이다. '우르바누스 *urbanus*'는 "도시에 사는, 도시의, 서울의, 도시적인, 시민적인, 로마풍의, 예의바른, 예모 있는, 점잖은, 고상한, 우아한, 품위 있는,

섬세한, 풍자적인, 기지에 찬"[49] 등의 넓은 의미를 가진 "세련된 고대인들이 보여준 태도와 행동의 규칙"이다.[50] 앞서 인용된 『의무론』에서 키케로가 언급한 것처럼 이는 결국 "대화하고 있는 사람들을 정중하게 대하면서 존중하는" 대화의 규칙이다. 『대화』 I 10, 9~14행의 문맥에서 호라티우스는 가혹함과 익살스러움의 강도를 조절하는 모습을 '고상함'이라고 불렀다. 이런 강약조절은 "의도적"인바, 유쾌한 대화를 이끌기 위해서 의도된 행동이다. 바로 이어 호라티우스는 이런 행동이 가져오는 "웃음이 신랄함보다 강력하고 훌륭하게 큰일을"(I 10, 14~15행) 해낸다고 말한다.

그런데 루킬리우스의 평가에서 호라티우스는 그가 "유쾌하고 고상하다 치자"(I 10, 65행)고 양보한다.[51] 그것은 아마도 키케로 등 루킬리우스의 동시대인들이 내린 평가 때문인 듯하다.[52] 하지만 루킬리우스 동시대의 기준에서 이런 평가를 받을 수 있었을지 모르지만, 호라티우스 시대의 기준에서 루킬리우스는 전혀 그렇지 않다는 것이 호라티우스의 마지막 평가다. 호라티우스의 시대를 루킬리우스가 살았다면 그 자신도 그의 글을 없애고 고치고 수정하고 바로잡았을 것이다(I 10, 69~71행).

여기서 보듯 "유쾌한"와 "고상한"은 하나의 개념 쌍을 이루는데, 이 둘에 "솔직한"도 결합된다(I 4, 90행). 이에 배치되는 "악의적인"과 "물어뜯는"(I 4, 93행)은 '신랄함'과 같은 개념 쌍을 이룬다. '간명함'이 문학 형식적 완성도와 관련된 문제라면, 이런 '고상함'은 풍자시의 도덕적 측면의 문제다. 호라티우스의 풍자시가 "박력 없는"(II 1, 2행) 글이라는 평가도 결국 고상함 때문이다. 도덕적으로 악의와 질투에서 벗어난 풍자시를 추구하기 때문에 생겨난 평가다. 한편 『대화』 II 1이 당대의 최고 법률가 가이우스 트레바티우스 테스타와의 대화라는 것도 큰 의미를 가진다. "비방요"인 풍자시의 처벌을 논하는 법률가에게 시인은 그의 풍자시가 "훌륭한 시"가 되었음을 강변한다(II 1, 82~85행). 이미 법적 한계의 훼손은 논외로 해도 좋다는 것이다.

비방요 처벌의 근거는 실명 비판에 따른 인격모독이었기 때문이라고 할 때 루킬리우스가 "인민의 지도자들에다 인민을 분구별로"(II 1, 69행) 공격했던 것에 반해, 이런 정치 권력자들에 대한 비방을 피했다고 호라티우스는 주장하려는 것으로 보인다.[53] 나아가 중요 인사들뿐만 아니라 "생존해 있는 사람이라면 누구든" 먼저 공격하지 않겠다(II 1, 39~40행)고 다짐하기까지 한다. 물론 이것이 실명 비판을 전적으로 배제하겠다는 뜻으로 보이진 않는다. 적어도 루킬리우스는 호라티우스의 풍자시에서 실명으로 비판받는 인물이기 때문이다. 하지만 호라티우스가 이 풍자시를 쓰고 있을 때 루킬리우스는 더이상 이 세상 사람이 아니었다. 실제로 『대화』 1권에 실명 비판이 있긴 하지만, 그것 자체가 목적이 아니었다고 호라티우스는 변명하는 한편, 향후 그런 일은 없을 것이라고 다짐한다. 그리하여 『대화』 2권에서 비판 대상은 개인보다 '성격'을 향하며, 타인보다 시인 '자신'을 향한다.[54]

이런 의미에서 호라티우스 풍자시의 대상은 악덕의 개인이 아니라 개인의 악덕이었다고 하겠다. 첫번째 풍자시집의 1~3번 풍자시가 모두 악덕을 대상으로 하는 도덕적 철학적 논의라는 사실이 이를 증명한다. 또 호라티우스는 그의 풍자시가 누구를 상처주기 위한 것이 아니며 그런 비뚤어진 욕망에서 멀리 있다고 강변한다(I 4, 78행 이하). 호라티우스가 주장하는바, 그의 풍자시는 "검불을 뿔에 단"(I 4, 34행) 미친 소처럼 남을 공격하고 "제 자신도 제 친구도 인정사정없이"(I 4, 35행) 공격하는 글은 아니다.

이렇게 호라티우스의 풍자시는 "상식"(I 4, 76행)을 지키는 한편, "시기"(I 4, 77행)를 따진다. '어리석은 자들'(I 4, 26~32행)을 다루지만 그렇다고 이들을 광장과 목욕탕에서 공개적으로 아무에게나 탄핵하는 것이 목적이 아니며 그들은 오직 예화일 뿐이다. 그의 풍자시는 친구들에게 경계가 되도록 "오직 친구들에게만 읽어주는"(I 4, 73행) 글이다. 『대화』 I 10 말미에 우리는 호라티우스의 풍자시를 듣는 '친구들'의 목록을 볼 수 있다. "소수의 독자"(74행)는 다음과 같다. 플로티우스, 바리우스, 마에케나스, 베르길리우스, 발기우스, 옥타비우스, 푸스쿠스, 비스쿠스 집안의 두 사람, 폴리오와 그의 동생, 메살라, 비불루스 집안, 세르비우스 집안, 푸르누스 등 학식 높은 친구들이다.

풍자시 규범은 교육적 측면에서 필연적이다. 성격상 풍자시는 덕德의 설득보다 부덕不德의 폭로에 치중하며, 물론 현실 폭로도 소크라테스의 예처럼 교육을 목표로 하지만, 폭로는 한계를 넘기가 일쑤다.

교육적 측면에서 호라티우스의 풍자시는 고쳐질 수 있는, 교육될 수 있는 과오를 다룬다. 구희극과 루킬리우스도 마찬가지로 '과오'를 다루지만, 호라티우스에 따르면 이들이 다룬 과오는 살인자, 도둑, 날강도, 간음자 등 중대 과오다(I 4, 3~4행). 반면 호라티우스가 다루는 '과오'는 '범죄'와 구분된다.[55] "타박 받을 만한 사람들"을 "시중에서 아무나 하나 고르시오"라고 한 것은(I 4, 25행), 타박을 받지 않을 만한 사람이 세상에 없기 때문인데, 사실 우리 가운데 탐욕, 야심, 식탐, 욕망에서 자유로운 사람은 없다(I 4, 26~32행). 호라티우스의 대상은 모두가 가질 법한 그런 과오인바 '어리석음'이다. 이런 의미에서 호라티우스에게 실명 비판은 사실상 큰 의미를 갖지 않는다. 실명의 특정인을 향한다 하더라도 결국 '이름만 바꾸면 우리 모두의 이야기이다.'[56] 그래서 호라티우스 풍자시의 대상으로 호라티우스는 '어리석은 자신'을 자주 등장시킨다.

웃음은 비판보다 큰 교육적 효과를 가진다. 테렌티우스 바로(기원전 116~27년)는 그의 풍자시에서 '웃음*hilaritas*'의 양념을 뿌려 "덜 배운 사람들도 즐거움 때문에 책 읽기에 이끌려 좀더 쉽게 배울 수 있도록" 배려했다고 키케로가 전한다.[57] 호라티우스는 "모르면 안 좋을 걸"[58] 전하기 위해 웃음을 선택하고 비판의 불길과 신랄함을 줄였다. 여기서 호라티우스는 이미 『시학』의 문학론을 볼 수 있는바, 호라티우스는 "유쾌하고 인생 지침이 되는 것을 노래하는" 시인이었다."[59]

웃음으로 진실을 말하기가 어찌
안 되겠습니까? 아이들을 달래려 과자를 주는 건
선생들이 기초 원리를 가르치려던 겁니다.

『대화』 I 1, 24~26행

비유가 정확하지 않아, 풍자시의 '학생'이 초급학교의 학생은 아니지만, 그럼에도 풍자시 시인은 선생이다. 웃음을 수단으로 진지하고 무거운 것을 가르친다. 호라티우스의 '웃음-진실'의 조합은 '즐거운 것-진지한 것'의 전통적 결합을 떠오르게 한다.[60] 이는 앞서 진지함과 익살스러움을 조화시키는 풍자시의 '고상함'과 관련하여 중요한 부분이었다(I 10, 11행).

선생과 학생의 비유는 호라티우스가 풍자시의 실명 비판을 사과하는 과정에서 다시 한번 강조된다. 호라티우스의 부친은 풍자시적 시인으로, 호라티우스는 선생의 감시를 받는 학생으로 등장한다. 시인이 전하는바, 어린 시절 그의 부친은 호라티우스를 타이르고 가르치며 실명을 언급하며 그렇게 해선 안 된다고 말했다.

> 훌륭한 선친이 나를 가르쳐,
> 흠결 각각을 예화들로 지명하여 이를 피하게 하셨다.
> **『대화』 I 4, 105~106행**

악덕 때문에 고생하는 사람들의 예를 들어 시인의 부친은 어린 아들을 교육했다(I 4, 121행). 이는 그리스어 '파이데이아 *paideia*'를 연상시킨다. 그리하여 아버지의 제자였던 "나는 재앙을 불러일으킬 흠결에서 멀리 있다"(I 4, 129행 이하). 피할 것과 구할 것의 설명과 논의는 "철학자"(I 4, 115행)가 훨씬 더 잘하겠지만, 부친의 "감시"(I 4, 118행) 또한 철학자의 논증과 마찬가지로 훌륭한 제자를 길러냈다.

부친의 교육에 등장하던 실명 비판의 습관이 다시 호라티우스의 풍자시에 등장한 것은 앞서 언급된 '친구들'의 교육을 위한 글에서 자연스러운 일이었다. 호라티우스가 친구들에게 "솔직한 친구"(I 4, 132행)이고 다른 친구들도 호라티우스에게 "솔직한 친구"가 되어 그들은 서로에게 감시자가 되어 친구를 "흠잡을 데 없는 자"(II 1, 85)로 만든다.[61] 말하자면 호라티우스의 풍자시는 "솔직한 친구"였다.

풍자시의 동기는 호라티우스에게 "자기 성찰"(I 4, 133행)이었다. 호라티우스 풍자시가 염두에 두었던 교육 대상은 타인이 아니라 무엇보다 먼저 시인 자신이었다는 것이다.

> 그는 마치 과거 믿는 친구들에게 비밀을 털어놓듯
> 서책에 적어놓았고, 일이 잘 풀리든 안 풀리든
> 달리는 달리지 않았기 때문에 노인의 삶 전체가
> 마치 서약판에 적은 것처럼 드러나게 되었지요.
>
> 『대화』 II 1, 30~33행

루킬리우스의 이런 모습을 호라티우스는 닮으려 했다고 고백한다. 과연 루킬리우스에게 이런 자의식이 있었는지는 알 수 없다. 다만 호라티우스가 루킬리우스의 풍자시를 읽으면서 깨닫게 된 것일지도 모른다. 분명한 것은 호라티우스는 자신의 풍자시에 그것을 의식적으로 실천했다는 것이다. 믿는 친구들에게 비밀을 털어놓듯, '침대에서 누워 있을 때나 회랑을 산책할 때에' 자기 성찰을 통해 생각했던 것들을 종이에 적어놓은 것이 호라티우스의 풍자시다. "난 종이를 가지고 논다"(I 4, 139행).

퀸틸리아누스는 풍자시 문학류의 "첫번째 시인"으로 루킬리우스를 뽑는 한편, 호라티우스를 "대표 시인"으로 뽑았다.[62] 퀸틸리아누스에 따르면 이 전통은 페르시우스(기원후 34~62년)를 거쳐 장차 유명해질 당대의 뛰어난 시인들—퀸틸리아누스는 이들의 이름을 언급하지 않았다—로 이어지고 있었다.[63]

4장

초기 서정시의 죽음 : 시인의 자부심

초기 서정시(기원전 23년 출간)에서 "오늘을 즐겨라"로 집약되는 호라티우스의 행복론은 에피쿠로스 철학을 토대로 한다. 그런데 초기 서정시에는 에피쿠로스 철학이 부정하는 사후세계의 표상들이 오히려 빈번히 등장한다. 에피쿠로스의 행복론을 좀더 뚜렷하게 설파하는 초기 서정시에서 영혼 불멸의 표상들도 이전보다 자주 등장하는 것은 매우 기이한 일이다.[1] 풍자시와 비방시 장르보다 시인 개인과 개성이 두드러지는 서정시 장르에서, 특히 비슷한 시기에 쓰인 단일 작품집인 『서정시』 I~III에서 호라티우스가 그의 행복론과 크게 다른 사후세계의 표상들을 끌어들인 것이다.

호라티우스보다 한 세대 앞선 에피쿠로스주의자 루크레티우스(기원전 96~53년)도 신화 세계를 부정했지만, 그럼에도 "추한 미신에 정신이 물들지 않는 한"이라는 단서를 붙여 신화적 표상의 우의(알레고리)적 사용을 용인했다. 그래서 그는 바다를 넵투누스로, 곡물들을 케레스로, 포도주를 박쿠스로, 대지를 신들의 어머니로 부를 수 있다고 보았다.[2]

이 문제는 이미 오래전부터 많은 연구자에 의해 주목받았지만, 그렇다고 이를 호라티우스의 행복론과 조화시키려는 시도는 드물었다. 1957~1987년까지의 호라티우스 문헌학의 성과를 정리한 보고서를 보면, 호라티우스 문헌학은 '죽음'의 주제에서 주로 '봄과 죽음'의 서정시에 담긴 인간의 유한성, 인간의 고독과 허무에 집중되었다.[3] 1987년 이후로 이 문제를 다룬 사례는 찾기 어렵다.

죽음은 수많은 문제를 만들어낸다. 죽음에 관해 제기된 질문들은 16세기 영국인들이나 고대인들이나 크게 다르지 않았을 것이다. "무엇이 죽는 것인가? 육체가 감각을 상실하는 순간인가? 감각을 상실한 육체로부터 영혼이 빠져나오는 순간인가? 영혼과 육체의 분리가 죽음이라면 육체로부터 분리된 영혼은 어디로 가게 되는가? 천국과 지옥으로? 천국과 지옥을 제외한 제3의 장소로? 죽자마자 곧장? 아니면 나중에?…… 혹은 육체와 함께 영혼도 소멸하여 완전히 사라지게 되는 것은 아닐까?"[4] 고대세계로부터 이런 질문들에 답하는 여러 흔적이 남았는바, 우리는 이를 신화적 표상, 철학적 표상, 과학적 표상 등 크게 세 가지로 나누어 검토해볼 수 있다.

먼저, 신화적 표상에 따르면 죽음은 타르타로스, 에레보스, 하데스 혹은 오르쿠스라는 사후세계로 "거처 이동μετοίκησις" "떠나감 ἀποδημῆσαι"이다.[5] 이 거처 이동과 떠나감은 "한번 길을 떠난 뒤로 영영 집으로 돌아오지 않는"[6] 돌이킬 수 없는 여정이다. 가장 오래된 전승은 『오뒷세이아』 11권이다. 오뒷세우스 일행은 어둠에 싸인 오케아노스의 끝에 닿아 저승의 입구에 도달하여 망자의 혼령들을 만난다. 혼령들은 육체 없이 배회하는 꿈과 같은, 연기와 같은 허상이다.[7] 엘페노르, 테이레시아, 오뒷세우스의 어머니 안티클레이아, 영웅들의 아내들과 딸들(튀로, 안티오페, 알크메네, 에피카스테, 레다 등), 아가멤논 일행, 아킬레우스 일행, 아이아스 등을 만난다. 계속해서 저승의 재판관 미노스, 짐승의 혼령을 뒤쫓는 오리온의 혼령, 이승의 죄로 벌을 받고 있는 탄탈로스과 시쉬포스를 만난다. 마지막으로 오뒷세우스가 만난 헤라클레스의 환영은 특이하게도 본체는 올륌포스에 있다고 한다. 또 돌아올 수 없는 곳으로 떠나는 혼령들은 헤르메스를 따라 저승으로 내려간다(『오뒷세이아』 24권 도입부). 오뒷세우스의 눈에는 누구보다 행복해 보였지만, 아킬레우스는 저승 통치를 행복하게 여기지 않는다(11권 483행). 저승 주민들에게 그곳은 "기쁨 없는 장소"(『오뒷세이아』 11권 94행), "슬픔에 싸인 나라"(11권 155행)다.

그런데 신화적 사후세계는 행복한 저승을 따로 구분했다. 『오뒷세이아』도 특별한 언급은 없지만 이를 구분했음이 분명하다. 『오뒷세이아』 4권(561행 이하)은 영웅들의 행복한 저승을 언급한다. 메넬라오스는 "죽지 않고 신들에 이끌려"[8] 엘뤼시온 들판과 대지의 끝, 저승의 심판자 라다만튀스가 머무는 곳에 살게 된다. 그곳은 눈도 비도 내리지 않고 폭풍도 없는 부드러운 서풍이 부는 시원한 곳으로 살기에 가장 편안한 곳이다. 엘뤼시온과 같은 사후세계가 헤시오도스의 『일들과 날들』(156행 이하)에도 언급된다. 테베 전쟁 혹은 트로이아 전쟁에 참가한 "네번째 종족"은 "사악한 전쟁과 무시무시한 전투"가 "죽였다". 이들 가운데 일부는 죽음의 종말이 에워쌌으나, 일부는 죽지 않고 "생명과 거처를 얻어" 대지의 끝, "축복받은 자들의 섬"에 살게 된다. 선택받은 영웅들만이 이곳에 머물게 된다.

두번째로, 철학적 표상에 따르면 죽음은 불사하는 영혼의 반복되는 거처 이동이다. 이런 반복을 '윤회 *metempsychosis*'[9]라고 부른다. 영혼은 몸을 얻어 이승의 삶을 살아가며, 죽음과 함께 몸을 떠나 망자들의 공간에 머물다가, 다시 몸을 얻어 환생한다.[10] 윤회 사상은 오르페우스와 피타고라스에서 유래한다고 전하며, 키케로는 플라톤이 피타고라스에게 배웠다고 믿었다.[11]

『국가』 10권은, 죽은 지 열이틀이 지나 깨어난 "용감한 남자 에르"가 들려주는 이야기를 전한다.[12] 에르의 영혼은 육신에서 벗어나 여행을 했다. "신비스러운 곳"에 도착해보니, 여러 갈래 길들이 있었고 심판자들이 영혼들을 심판하고 있었다. 영혼들은 생전의 행실만큼 죗값을 치른다. 올바른 영혼은 오른쪽 윗길로, 올바르지 못한 영혼은 왼쪽 아랫길로 보내졌다. 왼쪽 아랫길로의 여행을 마치는 데는 1000년의 세월이 필요했다. 또 오른쪽 아랫길은 더러운 영혼이 땅에서 도착하는 길이었고, 왼쪽 윗길은 순수한 영혼이 하늘에서 내려오는 길이었다. 각각의 길에서 모인 영혼들은 들판에서 야영하는데, 영혼들은 서로를 알아보고 서로가 겪은 일을 묻고 대답했다. "빛"이 있는 곳에 도착한 영혼들은 다음 삶의 제비를 뽑아 환생하게 된다. 오르페우스의 혼은 백조의 삶을, 아가멤논의 혼도 다시 독수리의 삶을 선택했고, 백조가 인간의 삶을 선택하기도 했다. 아이아스의 혼은 인간의 삶을 피해 사자의 혼을 선택했다. 이후 영혼들은 "망각의 들판"을 지나 "무심천"의 강물을 마신다. 한밤중에 뿔뿔이 흩어져 다시 출생을 위해 떠난다.

그런데 윤회 사상에 귀천 歸天이 더해진다. 전생에서 훌륭한 생을 살았다는 평가를 받으면 영혼은 윤회에서 벗어나 별의 거주지로 돌아간다. 플라톤의 『티마이오스』(42b 이하)도 윤회와 귀천을 언급한다. 조물주는 별들과 같은 수의 영혼을 만들어 별마다 하나의 영혼을 분배했다. 이 영혼들은 첫번째 탄생에서 남자였다. "그들이 이것들[두려움과 격정 등: 인용자 주]을 지배하게 될 경우에는 그들은 올바르게 살 것이나, 이것들에 의해 지배를 받게 될 경우에는 올바르지 못하게 살 것입니다. 그리고 적절한 기간 훌륭히 산 자는 다시 그의 동반자인 별의 거주지로 되돌아가서 행복하고 익숙한 삶을 누리게 될 것이나, 이에 실패한 자는 두번째 탄생에서 여성으로 바뀔 것입니다. 그리고 그가 이런 처지에서도 여전히 나쁜 상태에서 벗어나지 못할 경우에는, 그가 타락하게 된 기질대로, 그런 기질 형성의 유사성에 따라 그와 같은 어떤 짐승의 부류로 바뀔 것입니다. 또한, 그는 바뀜(윤회)으로 인한 고통들에서 그전에는 벗어나지 못할 것입니다."[13]

신화적 표상의 엘리쉬온은 선택받은 소수를 위한 거처였지만, 귀천은 '올바른 삶'을 산 모두에게 열려 있다. 키케로는 플라톤의 『티마이오스』 번역에서 플라톤이 "적절한 기간 동안 훌륭히 산자"라고 언급한 귀천의 조건을 좀더 분명히 한다. 우선 "적절한 기간"을 인간 수명으로 해석하여 "자연이 준 삶의 여정"이라고 번역했고, 또 "훌륭히"를 "올바르게 명예롭게 *recte atque honeste*"로 번역했다.[14] '올바름과 명예'는 국가적 의무와 연관되는바, 키케로는 『국가』 6권에서 국가를 위해 헌신한 영웅들이 사후에 누릴 행복을 제시하는데 그것은 귀천이다. 세계를 지배하는 신에게, 정의롭게 다스려지는 국가보다 환영받는 것이 없기 때문이다. "어떤 드높고 아름다운 곳, 별들로 가득 밝은 곳에서"[15]에서 나타난 아프리카누스와 파울루스가 스키피오에게 말한다. "조국을 구하고 돕고 확장한 사람들에게 모두 하늘의 거처가 배정되며, 그곳에서 그들은 행복한 영생을 누리리라."[16] '드높고 아름다운 곳, 별들로 가득 밝은 곳'은 하늘의 가장 찬란한 곳으로 은하수라고 불린다.

'훌륭한 삶을 산' 영혼들은 그 보상으로 귀천을 얻는다. 마치 신들의 선택을 받아 엘리쉬온 혹은 행복의 섬에 살아가는 영웅들처럼, 엠페도클레스는 해탈한 영혼이 머무는 곳으로 올륌포스 신들의 거처를 지목했다.[17] "그들은[윤회에서 벗어난 자들 : 인용자 주] 다른 불사자들과 화덕을 같이 쓰고 밥상을 같이하며 인간이 겪는 고통의 몫을 받지 않고 사멸하지 않는다네." 또 『파이돈』 80a 이하에서 언급하는바 "철학적인 영혼"은 "신적이고 불멸하며 예지적인 세계를 향하고 큰 행복을 얻고 영원토록 신들과 함께 있게" 된다.[18]

마지막으로, 과학적 표상은 에피쿠로스의 철학에 보인다. 신화적 표상과 철학적 표상을 묶어 종교적 표상이라고 할 때 에피쿠로스는 인간 삶을 짓누르는 종교에 맞서고 이에 대항했다. "그를 신들에 대한 소문도, 벼락도, 하늘도 위협적인 우르릉거림으로도 억누르지 못했으며, 오히려 그만큼 더 그의 의지의 날선 용기를 자극하여 그는 자기가 처음으로 자연의 문의 굳게 맞춰진 빗장을 부숴버리기를 갈망하게 되었도다…… 측정할 수 없는 우주를 이성과 의지로써 두루 편력했다."[19]

에피쿠로스에게 죽음은 "분해τὸ διαλυθέν"[20]를 의미했고, "질료 뭉치의 분산*turbae disiectus materiai*"[21]을 가리켰다. 이로써 "우리" 인간은 완전히 소멸하며 "설사 죽음 후에 세월이 우리의 질료를 다시 모아, 다시금 지금 자리잡고 있는 것같이 복원하고 생명의 빛이 우리에게 또다시 주어진다 하더라도, 이렇게 이뤄진 것 역시 우리와는 전혀 관련이 없다."[22] 분산과 분해는 신화적 사후세계의 죽음처럼 돌이킬 수 없다. 영혼은 육체와 함께 자라나고 강해지며, 또 육체와 함께 나이 들고 약해진다.[23] 그리고 죽음과 함께 영혼은 그대로 소멸한다. 죽음 이후 아무것도 거기서 깨워져 일어나지 않는다. "생명의 차가운 정지"[24]만이 뒤따를 뿐이다. 그리고 질료 뭉치의 분해 분산과 더불어 "영혼도 여기저기로 흩어져서…… 감각을 잃는다."[25] 죽음 이후 감각은 정지하며, 죽음 이후에 불행과 고통이 가중되지도, 행복해지는 것도 아니다.[26] "죽음은 우리에게 아무것도 아니다."[27] 이런 의미에서 에피쿠로스 철학은 죽음과 관련된 종교적 신화적 표상들을 전체적으로 부정하며, 오히려 이런 잘못된 종교적 신화적 표상들을 인간 불행의 원인으로 지목한다.[28] 사후세계의 전승은 허구일 뿐이며, 사후세계는 존재하지 않는다.[29] 어떤 것도 하계나 타르타로스로 넘어가지 않는다. 아케론이니, 탄탈로스니, 티튀오스니, 시쉬포스니, 다나오스의 딸들이니, 케르베로스니, 복수의 여신들이니, 사후세계와 관련된 무엇도 있지 않으며 있을 수 없다. 우리를 기다리는 것은 그저 "영원한 죽음"[30]이다.

에피쿠로스의 신화비판에서 영혼 불멸을 포함한 신화적 사후세계의 표상들 전체가 부정됨으로써 동시에 철학적 사후세계에 대한 논의 필요성도 사라진다. '행복한 저승'은 부정되었고 윤회와 귀천 등의 문제도 논의되지 않는다. "불멸하는 행복한 존재들"[31]이 무슨 이득이 있어 인간을 위해 무엇을 하였겠는가? 지나간 시간 동안 아무 괴로움도 없었던 존재들이 무엇 때문에 그간의 생활을 바꾸어 인간이 살아가는 세계에 개입하여 그렇게 세계를 만들어놓았겠는가?

인간 불행의 원인들이 되는 거짓된 생각들 가운데 한 부분을 차지하는 죽음과 사후세계를 소거하면서, 에피쿠로스학파는 행복의 지침으로 평온한 마음을 제시한다.[32]

> 죽음은 생각지 못하게 그대 머리맡에 다가선다.
> 충분하다, 누렸다, 떠날 수 있다 싶지 않을 게다.
> 하나 이제 그대 나이에 어울리지 않는 모든 걸 보내라.
> 자, 그럼, 평온한 마음으로 커다란 필연에 굴복하라.

호라티우스의 말처럼 로마 문학의 모든 것은 그리스 문학의 수용과 모방이다.[33] 죽음 혹은 사후세계의 표상도 마찬가지다.[34] 루크레티우스는 에피쿠로스 철학을 따랐고, 엔니우스는 자신을 호메로스의 환생이라고 주장했다.[35] 키케로는 『국가론』 가운데 오늘날 온전한 형태로 남아 있는 「스키피오의 꿈」이나 그의 번역 『티마이오스』에서 플라톤 철학을 따른 것으로 보인다. 베르길리우스의 『아이네이스』는 호라티우스의 초기 『서정시』가 출판될 때까지 아직 세상에 빛을 보지 못했고 3년 뒤인 기원전 19년에 출간되었는데, 베르길리우스의 사후세계는 그리스의 신화적 표상과 철학적 표상을 체계적으로 통합한 로마 최초의 사례다.[36] 베르길리우스의 『아이네이스』 6권은 아이네아스가 부친 앙키세스를 찾아 저승을 방문한 기록이다. 시인의 상상력은 두 가지 표상을 하나로 결합하는 한편, 윤회 과정은 이전보다 "강화"했다.[37] 저승은 행복한 저승 엘리쉬온과 불행한 저승 하데스로 구분된다.[38]

에피쿠로스주의자들에게 영혼 불멸과 사후세계는 철저하게 부정되었고, 따라서 행복한 저승이니, 윤회니, 귀천이니 하는 등의 전통적 죽음 관념은 더는 존재할 수 없었다. 나아가 행복의 문제는 오로지 이승의 문제일 뿐, 사후세계의 행복이나 보상은 무의미한 일이 되었다.

"우리는 한 번 태어나며, 두 번 태어날 수 없다. 또한, 우리는 영원히 존재할 수 없다. 내일의 주인이 아닌 당신이여, 당신의 행복을 연기하라. 우리들 각자는 미루다가 인생을 낭비하며, 여가를 누리지도 못하고 죽는다."[39] "오늘을 즐겨라"는 필멸의 인간들에게 추수의 기회,[40] "가장 즐거운 시간을 누릴"[41] 기회가 많지 않기 때문에 더욱 절박하다. "모든 인간은 죽음 때문에 안전하지

춤추는 여인들, Ruvo di Puglia

가난과 은둔의 현자
호라티우스

않은 도시에 살고 있다."[42] "우리는 미래가 우리의 것도 아니며 그렇다고 해서 완전히 우리 것이 아니지도 않다는 사실을 알아야 한다. 왜냐하면, 미래가 분명히 올 것이라고 생각해서도 안 되고, 미래가 올 가능성이 전혀 없다고 생각해서 완전히 기대를 버려서도 안 되기 때문이다."[43] 하지만 지금 주어진 이 순간은 분명 우리의 것이다. 따라서 지금 우리는 춤을 추어야 한다(『서정시』 I 19, 13행 이하).

> 내일 무슨 일이 닥칠지 묻지 마라.
> 운명이 가져다주는 날들은 덤이라
> 셈하라. 청춘이 달콤한 사랑을

마다할쏘냐? 너도 춤을 추어라.

우리에게 주어진 시간은 짧다. 권력과 명예와 재산을 쫓아 분주하게 돌아다니다가 결국 행복을 얻을 시간은 곧 지나가버리고 말 것이다(『서정시』 II 11, 9행 이하).

봄꽃의 영광이 영원할 수는 없고
붉은 달도 한결같은 얼굴을 밝힐 순
없다. 끝없는 분주함을 감당 못 할
영혼을 어찌 지치게 하는가?

'내일은 믿지 마라. 오늘을 즐겨라.' 호라티우스의 초기 서정시에서, 권력과 명예와 재산을 추구하는 삶과 그런 삶의 공간인 도시를 멀리하고 은둔과 가난의 농촌 삶을 선택하라는 권고다. "가장 큰 부를 소유함에 의해서도, 군중으로부터 명예와 존경을 소유함에 의해서도, 그리고 한없는 욕망으로부터 생겨나는 다른 어떤 것들에 의해서도 마음의 동요가 끝나지 않으며 진정한 기쁨이 생기지도 않는다."[44] "가장 순수한 안전은 대중으로부터의 고요와 은거로부터 생겨난다."[45] "탐욕스러운 사람은 늘 부족하다."[46] 권력과 명예와 재산에도 마음은 불안과 근심으로 가득하지만, 은둔과 가난의 농촌은 평온하고 행복하다(『서정시』 II 16, 9행 이하). 현재에 만족하는 영혼은 아무것도 더는 필요로 하지 않는다. 자족하는 사람은 작은 것으로 이미 충분하여 더없이 행복하다. 권세를 휘두르는 집정관이나 재산을 자랑하는 부자들의 시각에서는 가난으로 비칠 수 있겠으나, 에피쿠로스주의자들에게는 가난이라도 결코 힘겹고 고달프지 않다. 작은 것으로도 이미 충분하며, 오히려 그 이상은 행복한 삶에 방해가 될 뿐이고 거추장스러울 뿐이다. "자연의 목적에 따라 평가한다면, 가난은 큰 부이다. 반면 무제한적 부는 큰 가난이다."[47]

『풍자시』 II 6의 마무리 우화(77~117행)에서 도시의 삶은 수도 로마의 어둡고 무겁고 부정적인 측면을 선명하게 부각한다. 시골 쥐가 서울 쥐와 함께 찾아간 도시의 모습은 처음에는 시골 쥐가 알고 있던 행복을 크게 넘어서는 풍요하고 화려한 외관을 보여주었다. 하지만 시골 쥐의 안락과 풍요는 순식간에 사라진다. 친구가 가져다준 화려한 옷감을 걸치고, 친구가 가져다준 수많은 진수성찬을 맛보고, 침대 위를 뒹굴며 이것이 서울 쥐가 말한 행복이구나 느낄 때, 이런 착각을 깨뜨리는 커다란 소리, 갑자기 열리는 문짝이 만들어낸 굉음과 열린 문을 달려오는 덩치 큰 사냥개의 울음소리를 듣게 된다. 수도 로마의 삶 속에서 한때는 시인에게 허락한 것처럼 보이던 안락과 평화는 분주한 생활 안에서 모두 사라졌고 시인은 이렇게 외친다(60~62행).

> 시골동네, 내가 너를 언제 보게 되랴? 언제나 허락될까?
> 이제는 옛사람들의 책들과 이제는 잠과 한가한 시간으로
> 삶의 성가신 일들을 잊은 달콤함을 즐길 수 있을까?

간절한 소망의 실현은 결단과 용기를 요구한다. 시골 쥐는 용감하고 당당하게 서울 쥐에게 외친다(115행 이하).

그때여 시골 사는 쥐가 말하되 "이런 일은
내 삶에 필요치 않다네. 그러니 잘 있게. 나를 위험한 일로부터
안전한 숲과 동굴이 부드러운 콩으로 위로할 걸세."

호라티우스는 마에케나스에게 선물 받은 사비눔으로 내려간다(『서정시』 III 16, 21행 이하).

각자는 덜어내는 만큼 신들에게서
받을 것이다. 욕심 없는 이들의 성을
찾아, 발가벗은 나는 부자 마을을
버리고 떠나가는 변절자.

호라티우스는 초기 서정시에서 행복한 삶을 설득하는 근거로 돌이킬 수 없는 죽음을 자주 언급하는바, 그는 죽음을 언급하면서 전통적인 사후세계를 편하게 가져다 쓴다. 이는 루크레티우스가 허용한 것처럼 우의적 접근이라고 할 수 있다.

"잔혹한 필연"(『서정시』 I 35, 17행) 앞에 누구도 예외는 없다. "끝없는 밤이 모두를 한 번은 가야 할 길, 저승길이 기다린다"(『서정시』 I 28, 15행). "영원한 망명의 배"(『서정시』 II 3, 27행)를 타고 우리는 모두 한곳에 이를 것이다. "창백한 죽음"(『서정시』 I 4, 13행), "싸늘한 죽음"(『서정시』 II 8, 11행)이 닥치면 동시에 행복의 기회는 사라진다. 죽음은 "마지막"이고 "끝"이다(『서정시』 I 11, 2행과 5행). "끝없는 밤"(『서정시』 I 28, 15행),

"영원한 잠"만이 우리를 기다린다(『서정시』 I 24, 5행).

이런 필연은 신화적으로 "아무도 차디찬 프로세르미나를 피하지 못한다"(『서정시』 I 28, 20행)라고 표현된다. 또, 죽음의 돌이킬 수 없음도 신화적으로 표현된다. 죽음을 맞은 이들이 다시 생명을 얻는 일은 일어나지 않으니(『서정시』 I 24, 17행), "어둠의 땅으로 몰아넣은 메르쿠리우스가 간청에 쉽사리 문을 열겠는가?" 어느 누구도 "죽음의 사슬"(『서정시』 III 24, 8행)에서 풀려나리라 기대할 수 없을 것이다. 포스투무스에게 전하는 시편에서 저승에 이르러 죗값을 치른다고 알려진 신화적 인물들이 등장한다(『서정시』 II 14, 17행 이하). 다가오는 죽음을 우리는 "막을 수 없으며", 죽음이 우리를 "기다려주지 않는다"(3~4행). "플루토"(7행)는 완고하여, 신들에게 바치는 제물의 세 배로 "삼백 황소"(6행)를 바쳐도 매수할 수 없다. 그래도 저승의 신을 원망할 수 없는 것은 누구에게나 공평하여, 부자와 빈자를 가리지 않고, 농부와 왕좌를 차별하지 않는 공정함 때문이다(11~15행).

> 천천히 흘러가고 굽이굽이 돌아가는
> 코퀴토스 검은 물을 볼 게다. 악명 높은
> 다나오스의 딸들을, 길고 긴 노역을
> 선고받은 아이올로스의 시쉬포스를.

따라서 인생의 봄날은 짧게 지나가고, 돌이킬 수 없는 운명이 곧 문을 두드릴 것이다. "먼 훗날"에 이루어질 일들 때문에 지금 이 순간을 포기할 수는 없다. "밤", 그러니까 죽음이 오면 그때

우리는 다시 술자리의 제왕이 되지 못할 것이다. 죽음과 운명의 돌이킬 수 없음을 상기시키며 시인은 주연의 지혜를 설득한다(『서정시』 I 4, 15행 이하).

짧은 순간의 삶은 먼 훗날을 기약하지 말라 한다.
벌써 어둠과 전설처럼 전해오는 망자들과

플루토의 파리한 집이 닥쳐온다. 게로 떠나면 당신은
다시는 술자리의 제왕으로 뽑히지도
어린 뤼키다스를 감탄하지도 못하니.

여기서 죽음을 설명하는 표상들, 다시 말해 "망자들"과 "플루토의 파리한 집"은 동격의 "전설"(16행)로 수식된다.[48] "전설"은 달리 말해 세상 사람들의 말버릇으로 그 진리성과 실재성이 크게 떨어지는 언어다.[49] 그렇다면 호라티우스는 신화적 표상들과 일정한 거리를 두고 있으며, 신화적 사후세계에 공감을 표현하지 않는다고 볼 수 있다. 죽음의 불행한 모습들을 부각하는 언어들로 채워져 있다. 후기 『서정시』 IV 7 '눈은 녹아'에서도 죽음이 닥쳐오면 그것은—"충직한 아이네아스, 부유한 툴루스 앙쿠스"(15행)도 예외일 수 없는바—"우리는 흙먼지와 그림자일 뿐"(16행)이다. 그냥 타고 남은 쓸모없는 재와 먼지이며, 힘없는 허깨비에 지나지 않는다.

호라티우스가 그린 불행한 죽음은 그에게 죽음이 불행이기 때문은 아니다. 에피쿠로스주의자들에게 죽음은 불행과 무관하며,

가장 행복한 순간을 누리는 자들에게는 더더욱 무관하다. 죽음이 불행인 것은, 다만 다른 욕망에 휩쓸려 근심과 걱정과 고통에 시달리다가 가장 행복한 순간을 누릴 기회를 얻지 못한 이들에게, 호라티우스가 지금 설득하고 가르쳐야 할 대상으로 상정한 이들에게 결국 죽음으로 인해 행복의 기회가 사라질 것이고, 그렇게 결국 이들은 불행 가운데 삶을 마감할 것이기 때문이다.

에피쿠로스를 따르는[50] 호라티우스는 그의 지적 경향에 반하는 신화적 표상의 행복한 사후세계도 끌어들인다. 시인 호라티우스에게 철학적 일관성을 요구할 수는 없지만, 그의 작품을 통틀어 경향적 일관성이 분명히 드러나고, 따라서 우리는 그의 문학 활동 전체를 그가 따르는 "철학에 대한 헌신의 문학 표현"[51]이라고 해도 과언이 아니라고 생각한다. "신들을 잘 찾지도 모시지도 않는 어리석은 지혜에 참여했던 건 나의 잘못이었습니다"(『서정시』 I 34, 1행 이하)라고 종교적 회심을 고백하는 것처럼 보였지만, 그의 철학적 경향을 부정하는 빌미를 제공하는 시편들에서 우리는 호라티우스의 장난기 어린 웃음을 발견할 수 있다. 이것은 호라티우스가 어떤 강박에도 매이지 않는 사람이었음을 잘 말해준다.

'예전 저주받은 날'(『서정시』 II 13)에서 죽음 이후 영혼이 살아남아 저승으로 '이동'하며 또다른 삶을 누린다는 과감한 상상은 에피쿠로스주의자의 커다란 도전이다. 죽음을 행복으로 그리려는 뜻은 아니다. 가장 행복한 순간도 행복한 삶도 '지금과 여기' 말고 달리는 불가능하다고 생각하는 우리의 에피쿠로스주의자들에게 그것은 불가능한 일이다.

우선, 신화적 지하세계의 표상에서 그랬던 것처럼 저승으로의 이동을 돕는 안내자로 메르쿠리우스(헤르메스)가 등장한다. 메르쿠리우스는 이승과 저승을 오가며 두 세계를 연결하는 존재로, 망자들의 영혼을 인도한다(『서정시』 I 10, 17행 이하). 메르쿠리우스의 여러 가지 역할을 길게 열거한 후에 마지막 연에서 추가한 중요한 역할인바, 선호 목록시*priamel*가 의례 그러하듯, 이 시편의 목적을 드러내는 부분이다. "시의 공간에서 얻은 새로운 삶"을 표현하고자 이런 '아름답고 심오한' 옛 신화적 표상을 도입한 것일 수 있다.[52]

당신은 경건한 영혼들을 복된 안식처로
인도하는, 황금의 막대기로 육신을 떠난
가벼운 무리를 단속하는, 천상과 하계의
신들에게 고마운 벗입니다.

『서정시』 II 13의 과감하고 불가능한 상상이 행해진 곳은 호라티우스가 은둔과 가난의 행복한 농촌의 삶을 영위하는 무대, 사비눔이다. 사비눔 영지에 머물던 호라티우스는 머리 위로 쓰러진 나무에 맞아 죽을 고비를 넘긴다. 예측하지 못했던 갑작스러운 사건에 놀란 시인은 사후에 "경건한 자들의 구별된 거처"(23행), 신화의 엘리쉬온으로 내려가 옛 시인들을 만나는 과감한 상상을 펼친다. 도저히 충분한 대비를 할 수 없는 "검은 운명"이 닥쳐와 "죽음의 힘"에 제압되지만(13~20행), 사후세계에서 시인의 영혼은 그가 모방하고 도전하던 옛 그리스 시인들인 알카이오스와 사포를 만나 불멸성의 축복을 누린다.

호라티우스 특유의 웃음을 잃지 않으며,[53] 시인은 나무 심은 자가 불경한 짓을 저지른 자가 아닐까 싶다는 농담을 던진다(1~4행). 그 나무를 심은 자는 아마도 존속살해범이거나 손님을 독살한 흉악범이다(5~10행).[54] 그리고 더욱 큰일은 불경한 자가 마을과 자손들에게 커다란 수치를 가져올 뻔하였는바(4행), 만약 그랬다면 위대한 시인에게 죽음을 초래한 마을이라는 악명이 영원히 남았을 것이다. 마치 위대한 철학자를 죽여 영원한 오명을 감당하게 된 아테나이처럼 말이다. 아마도 호라티우스는 나무의 일격을 아테나이인들이 소크라테스에게 내린 유죄판결로 받아들인 듯하다. 그렇게나 열심히 행복한 안식처로 사비눔을 노래했고, 그리하여 영원한 명성을 누릴 기회를 얻었건만 그런 시인의 열정과 호의를 무시하고 사형 선고를 내리다니, 이런 배은망덕이 있느냐고 꾸짖는 듯하다. 그러고는 자신을 위로하며, 예전 소크라테스가 그랬던 것처럼, 보통 때 같으면 생각도 하지 않았을 사후세계를 상상한다.

그렇게 시인은 6연에 이르러 『오뒷세이아』의 신화적 저승을 묘사한다. 하계의 여왕이 등장하며(21행), 저승에 도착한 영혼들을 나누는 심판자가 언급되며(22행), 이어 심판을 거친 경건한 자들이 머무는 행복한 저승(23행)에 이른다. 그리고 마치 소크라테스가 오르페우스와 무사이오스와 헤시오도스와 호메로스를 상상했던 것처럼(『변명』 41c), 호라티우스는 저승에서 노래하는 아이올리아 시인들을 만난다. 또 아리스토파네스의 「개구리」에서 아이스퀼로스와 에우리피데스가 그랬던 것처럼, 아이올리아

출신의 두 시인 사포와 알카이오스가 경연을 벌인다. "아이올리아 노래를 처음 이탈리아 운율에 맞추어"[55] 부른 시인으로 후대에 기억될 것이라고 믿었던 호라티우스는 저승에 이르러 사포와 알카이오스의 경합에서 심판을 맡는다(24행 이하).[56] 청중들이 좋아하는 이야기는 사포의 사랑 이야기보다 알카이오스의 전쟁 이야기였다. 전쟁 이야기가 선호된다는 것은 호라티우스가 그의 서정시에 대해 장난스러운 자기 비하의 뜻을 내비치는 것이다.

아이올리아 수금으로 노래하는,

고향 처녀들을 노래하는 사포를,
황금 뤼라보다 풍성한 소리로 험한
바다를, 망명과 전쟁의 고단함을
노래하는, 알카이오스여, 당신을.

둘은 경건한 침묵에 합당한 노래를
부르고 망자들은 경탄하지만, 거기서도
서로 어깨를 밀치며 귀로 마시는 건
전투와 쫓겨난 왕들의 이야기다.

저승의 오르페우스처럼,[57] 행복한 저승에 머무는 사포와 알카이오스는—저승의 호라티우스도 똑같이 가질 것을 기대할 수 있는바—강력한 시인의 재능과 음악의 힘을 발휘하여 저승의 주민들을 즐겁게 한다. 두 시인의 경합에서 저승의 주민들은 알카이오스의 손을 들어준 모양이다. 망자들은 둘의 노래에 모두 경탄하지만, 그대로 그들을 모두 즐겁게 하고 정신을 놓고 몰두하게 하는 것은 알카이오스의 노래다. 전투와 쫓겨난 왕들의 이야기가 소녀들의 노래를 능가한다(29~32행). 저승을 지키는 괴수 케르베로스(33행), 복수 여신들의 머리카락을 대신하는 뱀들(35행), 올륌포스 신들에게 불경죄를 저지른 탓에 저승에 떨어진 프로메테우스(37행)와 펠롭스의 아비 탄탈로스(37행), 저승에서도 사냥을 이어가는 오리온(39행) 등 사후세계의 전승에서 흔히 보았던 익숙한 등장인물들은 시인의 달콤한 노래에 시름을 잊는다(38행).

사비눔의 시인을 죽음의 위기로 몰아넣었던 사건은, 다시 한번 시인의 드높은 자의식과 강한 자부심을 확인할 수 있는 계기가 되었다. 시인에게 그 무엇도 해악을 입힐 수 없음을 모두에게, 그리고 그 자신에게 보여준 사건이었다. 시의 불멸성과 위대함에 대해 가지는 시인의 자긍심은 이례적이고 과감한 상상력의 원동력이 되었다.[58]

한편, 호라티우스는 사후에 소멸하지 않는 영혼이 하늘로 날아오르는 비상飛上을 노래함으로써 다시 한번 그의 지적 경향에 반하는 사후세계를 끌어들인다. 앞서 보았듯이 이런 비상은 "올바르고 명예로운" 삶으로 공동체와 국가를 위해 헌신한 사람에게 주어지는 보상이며, 호라티우스에게는 보상으로 주어질 불멸의 명성을 상징한다. 위대한 시인은 불멸하는 명성을 누리며, 호라티우스도 이를 기대한다. 설리번(1942)의 생각처럼 사람들의 기억 속에 영원히 남는 불멸성은 호라티우스의 삶을 이끄는 커다란 동력의 하나였을지 모른다.[59] 사비눔의 시인, 가난과 은둔의 농촌 삶을 설파하는 에피쿠로스주의자 호라티우스는 문학적 활동을 통해 공동체와 국가를 위해 헌신한다고 생각했을지 모른다.

비상은 영웅 숭배 혹은 황제 신격화와 결부한다.[60] 시인이 노래한 대상은 시인 덕분에 불멸성을 얻는다.[61] 호라티우스는 사비눔의 맑은 샘에 반두시아라는 이름을 붙이며 "너도 이름 높은 샘의 하나가 되리라"[62]고 예언한다. 이런 오래된 생각은 키케로에게서도 보인다.[63] 호라티우스가 아우구스투스 카이사르를 두고 "천천히 하늘로 돌아가소서"(『서정시』 I 2, 45행)라고 칭송했을 때, 이런 칭송은 20세기의 수많은 학자를 열광시킨 황제 신격화의 전통에서는 흔한 일이다.[64] 근본적으로 영웅 숭배와 황제 신격화는 영혼이 사후에 하늘로 돌아간다는 철학적 사후세계의 표상에 부합한다.[65]

호라티우스의 행적과 성향은 전사戰士적 영웅과 거리가 멀다. 그는 독재자를 죽인 브루투스의 군대에 합류하여 필리피 전투에 참전하였으되, "시원찮은 방패를 버리고"(『서정시』 II 7, 9행 이하) 도망친 덕분에 간신히 목숨을 부지했다. 당시 많은 동료 병사는 "추하게 흙을 깨물고 말았다". 형편없는 전사는 명예로 지켜야 할 방패를 한 치의 망설임도 없이 던져버렸다. 성난 파도처럼 밀려오던 두려움과 공포 앞에 절망했기 때문이다. 시인은 부와 재산을 얻을 욕심으로 동방 원정을 쫓아 나선 이키우스를 말렸다(『서정시』 I 29). 전쟁과 재산, 명예와 권력이 평온과 휴식과 행복을 가져다주지는 않는다고 시킬리아의 거부에게 충고했다

(『서정시』 II 16).

그러면서도 로마 소년들과 소녀들에게 로마적 덕목을 가르치는 로마 송가(III 2) '고단한 가난을'의 한 구절은 다른 소리를 한다.[66] "조국을 위한 산화散華는 달콤한 자랑"(13행).[67] 시인의 소신에 비추어보건대, 이는 당연히 애국주의적 군국주의적 호소가 아니다. 공동체를 위해 용기를 보여준 젊은이에게 보여준 위로일 뿐이다. 그런 젊은이에게 불멸의 명성이나마 보상을 주고 싶었던 것이 아닐까 싶다. "용기*virtus*"(18행과 21행)를 입증한 젊은이는 세상의 유혹에도 흔들리지 않고 잘못된 길을 걷지 않으며 스스로 떳떳한 삶을 살아간다(17~20행). 그는 가난을 즐기는 법을 배우는 고된 군복무로 단련된 소년이다(1~7행).

용기는 불멸에 합당한 이에게
하늘을 열고 다른 이에게 닫힌
길로 도약하여 속된 결합, 젖은
흙을 떨친 날개로 비상飛上한다.

21행 이하에서, 하늘로 향하는 길은 아무에게나 열려 있는 길이 아니다. 용기가 "하늘을 열고 도약하여" "젖은 흙을 떨친 날개로 비상한다." "젖은 흙"으로 상징되는 육신은 위대한 영혼의 거처였다.[68] 용기를 보여준 젊은이는 죽어 영혼의 거처를 떠나 비상한다. 그는 신들의 거처에 이르러 살게 될 것이다.[69] 호라티우스는 이런 모습의 젊은이를 여섯번째 로마 송가에서 다시 언급한다(『서정시』 III 6, 37~40행). "농촌에서 자란 병사들의 사내다운 자손은 밭에서 사비눔의 곡괭이로 흙덩이를 뒤집고, 엄한 어미의 지시를 받들어 패놓은 장작을 익숙하게 짊어져 나른다."[70]

『서정시』 2권의 마지막 시편(『서정시』 II 20)에서 호라티우스는 사비눔의 젊은이처럼 "평범하지도 유약하지도 않은 날개"(1행)로 날아오른다. 누구에게도 허락된 적 없는 강인한 날개는 시인의 자의식과 자부심이다(3행).[71] 시인의 위대함과 탁월함은 모두의 질투를 사게 될 것이고 피할 수 없는 일이지만(4행), 그럼에도 눈부신 창공의 불멸(2행)에 도달할 것이다. 호라티우스는 그의 문학과 시를 통해, "용기"를 입증한 강인한 사비눔 젊은이가 그러했던 것처럼, 그가 함께 살아갈 공동체를 위해 행복한 삶을 가르치고 설득하는 훌륭하고 명예로운 업적을 이룩한 '현자 시인*poeta vates*'으로 비상한다.

평범하지도 유약하지도 않은 날개로
변신하여 눈부신 창공을 나는 나는
시인이로다. 나는 지상에 오랫동안
머물지 않을 거며, 질투를 이기고

수도를 넘어설 거다. 빈한한 양친의
피를 물려받았으나 당신이 찾는 나는,
사랑하는 마에케나스여, 죽지 않으며
스튁스 강물에 갇히지 않으리다.

호라티우스는 백조가 되어 굳건한 날개로 창공으로 날아올라 높은 곳에서 지상을 굽어본다.[72] 앞서 『국가』 10권에서 보았듯이 백조는 오르페우스의 환생인바, 여기서 호라티우스는 그의 환생을 목격한다. "다이달로스의 이카로스"(13행)처럼 날개를 달고 하늘로 오르는 것이 아니라 시인 자신이 "노래의 새"(15행)로 변신한다. 날개를 단 인간이 올라갈 수 있는 곳보다 높이, 여느 새가 날아오를 수 있는 높이보다 훨씬 더 높은 곳으로 날아오른다. 마치 앞서 키케로의 『국가』에 언급된 것처럼 사후의 영혼은 '드높고 아름다운 곳, 별들로 가득 밝은 곳으로' 돌아가 세상을 굽어보게 되는바, 이는 변신보다는 귀천歸天에 가깝다. 백조는 아우구스투스가 다스리는 로마 제국의 경계를 한눈에 굽어볼 수 있는 곳까지 날아오른다. "보스포로스"(14행), 북아프리카 "쉬르티스"(15행), "북풍의 들판"(16행), 흑해의 "콜키스족"(17행), 도나우강 유역의 "다키아족"(18행), 스퀴타이족의 일부인 "겔로니족"(19행), "학식 높은 히베리아"(19행), "로다노스를 마시는" 갈리아(20행)을 굽어본다.

명성 덕분에 시인은 불멸한다.[73] 시인은 죽지 않는다. 따라서 슬퍼할 이유가 없다(21~24행). 엔니우스도 그랬다. "누구도 나를 위해 눈물을 흘리지 마시오. 왜냐고요? 나는 살아서 사람들의 입을 오르내릴 것이기 때문이오."[74] 호라티우스는 가난과 은둔의, 행복한 농촌의 삶을 살아간 사비눔의 주인, 남부 이탈리아의 구석진 시골에서 태어난 가난한 해방노예의 아들로 이탈리아 전체가, 아니 로마 제국 전체가 기억할 불멸의 시인이 된다(『서정시』 III 30, 6행 이하).

나의 대부분은
리비티나를 피할 것이다. 후대에도 한없이
칭송이 계속 커질 것이며, 카피톨리움에
대제관과 침묵의 처녀가 명맥을 이어간다면.

시인인 호라티우스에게 일관성을 요구할 수는 없다.[75] 행복한 삶의 이념을 설득하고 가르치는 데 필요하다면, 시인은 무엇이든 가져다 쓸 권리를 가진다. 시인에게 신화적 혹은 철학적 사후세계는 다만 문학적 언어적 형식일지도 모른다. 루크레티우스가 신화적 세계의 언급을 우의(알레고리)인 한에서 허용한 것처럼, 호라티우스가 오용誤用한 전통적 사후세계의 표상들은 우의(알레고리)로써 죽음의 필연성, 불멸하는 명성 등을 표현하는 것뿐일지도 모른다.

하지만 우의(알레고리)가 아닐 수도 있다. 실제로 그렇게 믿었다고 볼 수도 있다. "오늘을 즐겨라"의 행복론을 가르쳤고, 가난과 은둔의 농촌 삶이 이루어지는 사비눔을 칭송했고, 그런 행복을 가르치고 칭송함으로써 공동체에 이바지할 수 있으리라 믿었던 커다란 자긍심의 시인은 어느 한순간 평소의 생각과 달리, 전해지는 것들을 믿었을 수도 있다. 쓰러지는 나무가 머리를 때리는 사건이 벌어졌을 때, 새로움을 표방한 서정시를 세상에 내놓는 가슴 벅찬 커다란 기쁨을 주체할 수 없었을 때, 다시 말해, 건강하고 맑은 정신이 구축한 세계를 흔들어놓을 만한 어떤 굉장한 사건과 놀라운 기회가 발생했을 때, 이미 오래전에 이성에 의해 버려지고 폐기된 세계가 다시 의식의 세계로 등장한 것은 아닐까 싶다.

5장

백년제의 계관시인*

* 5장 '백년제의 계관시인'은 앞서 발표된 「시인과 시민교육 : 호라티우스의 「백년제 찬가」」(서울대 인문학연구원 인문논총 75, 2017)를 수정한 것이다.

베르너 예거가 『파이데이아*Paideia*』에서 주장한 것은 한마디로 시인-교육자론이다. 그는 "교육자"[1] 호메로스에서 시작하여 상고기 서정시인들을 거쳐 고전기 비극과 희극에 이르기까지 그리스 시인들의 교육자적 면모를 검토했다. 우리는 로마 시인들에게 시인의 그리스적 위상과 역할이 계승되었음을 주장하고자 한다. 이를 입증하기 위해, 그리스의 시인-교육자가 그 역할을 수행하는 주된 현장이 축제와 주연이었다는 점을 고려하여, 로마 시대의 축제에서 로마 시인의 모습을 확인하려고 한다.[2]

그런데 우리에게 전해진 로마 문학 가운데, 축제와 주연의 현장에서 시인들이 어떤 모습으로 등장하는지를 확인할 전거는 매우 부족하다. 로마 문학의 비조鼻祖 리비우스 안드로니쿠스에게 로마 정부가 기원전 240년의 로마 축제에서 제1차 카르타고 전쟁 전승 기념 공연을 맡긴 사실, 로마 정부가 한니발 전쟁의 유리한 국면 전환을 기념하여 감사송感謝頌을 위탁한 사실, 로마 정부가 그의 사회적 공헌을 인정하여 아벤티누스 언덕의 미네르바 신전에 시인 단체의 공동 예배소를 허락했다는 사실 등은 로마에서도 축제와 주연에서 시인의 역할이 있었음과 그것을 통해 시인의 사회적 지위가 확보되었음을 짐작하게 한다.[3] 하지만 그 이상의 상세 사항, 특히 공연된 작품 자체에 관해 알려진 것은 전무하다.

하지만 공화정 말기 호라티우스에 이르러 사정이 달라진다. 로마 정부의 공식 요청에 따라 시인이 축제에서 공연한 문학 작품으로 온전하게 시문이 전해지는 것은 호라티우스의 「백년제 찬가」가 아마도 유일하지 않을까 싶다. 또한 「백년제 찬가」가 어떻게 공연되었는지를 알려줄 기록도 발굴되어 우리는 축제 전체의 진행과 구성을 무엇과도 비교할 수 없을 정도로 상세히 알게 되었다.

기원전 17년 아우구스투스는 백년제를 주관한다.[4] 몸젠에 따르면, 황제정의 백년제는 공화정의 백년제와 다른 주기를 따랐고 그 성격마저 달라졌다.[5] 공화정의 백년제 속죄의식은 저승의 신들을 위해 저승의 제단에 올리는 3일의 야간 제사였다. 기원전 49년에 개최되었어야 할 백년제는 카이사르가 루비콘강을 건너면서 개최되지 못했다. 공화정의 몰락과 함께 이런 백년제도 종말을 고했다. 아우구스투스의 새로운 백년제 축제는 공화정 백년제의 연속과 계승을 의도했고 사실적으로 공화정 백년제 축제의 내용을 수용하긴 했지만, 전적으로 새로운 질서와 내용의 축

아폴로, Roma © Carole Raddato

제였다.

호라티우스의 「백년제 찬가」는 백년제의 마지막 날에 불린 합창시다. 백년제 비 발굴에 참여한 노년의 몸젠(1891)은 「백년제 찬가」에서 카피톨리움 신성(유피테르)과 팔라티움 신성(아폴로)의 대립 내지 양립에 주목하였던바, 이후 이런 대립 내지 양립을 구질서의 후퇴와 신질서의 수립으로 해석한 학자들은 아우구스투스를 상징하는 팔라티움 신성의 전면 등장과 부각을 강조한다.[6] 그리고 위대한 황제 아우구스투스와 그가 열어갈 로마의 황금시대를 찬양함이 「백년제 찬가」에서 호라티우스가 품은 목적이었다고 주장한다.

워드 파울러 Warde Fowler(1910)가 처음 제시한 이런 해석은 김덕

수(2103)과 김활란(2016)까지 이어진다.[7] 몸젠 이후 찬가를 본격적으로 면밀히 검토한 학자로 평가받는 워드 파울러는 이런 대립에서 새로운 신들을 전면에 내세우고 전통적인 신들을 뒤로 물림으로써 새로운 시대를 부각하려는 의지를 읽어냈다. 이는 "옛것은 사라지고 새롭고 영광스러운 시대가 열렸다"[8]는 것을 백년제에서 선포하려는 아우구스투스의 의지가 고스란히 반영된 것이고, 여기서 시인은 다만 수행자의 역할을 맡았을 뿐이다. 신구新舊의 대립을 강조하는 이런 해석에 반대하여 여기서 신구의 균형을 읽어보려는 시도는 이미 장 가제Jean Gagé (1931/1972)에서 시작되었다. 그는 과연 본색을 잘 드러내지 않던 아우구스투스가 이런 대립이 시인을 통해 전면적으로 노출되는 것을 독려했거나 묵인했을까 하는 의문을 제기하는 한편, 그렇다면 왜 부각시키려는 대상인 아우구스투스가 매우 암시적이고 간접적으로만 언급되며, 그것도 이제 뒤로 물러나게 된 카피톨리움의 신과 함께 등장할까 하는 의문을 덧붙였다.[9]

분명 아우구스투스는 백년제를 통해 새 시대를 선포하려 했다. 백년제 주관자는 「백년제 찬가」의 시인이 이에 성원과 지지를 보태주길 기대했을지 모른다. 하지만 우리는 '시인-교육자' 호라티우스가 「백년제 찬가」에서 주관자와 참여자, 양측 모두에게 가르침을 전하려 했음에 중점을 두고 논의를 전개해보고자 한다. 합창의 순간, 참여한 시민뿐만 아니라 주관한 권력자를 포함하여 로마 전체는 가르침을 듣고 가르침을 노래하는 학생이었다.[10]

헤시오도스는 우리가 시인-교육자론이라고 부르는 문학론으로 『신들의 계보』를 시작하는바, 이는 무사 여신 찬가다. "가슴이 노래로 가득차고 마음속에 근심 걱정을 모르는" 위대한 제우스의 따님들은 피에리아에서 "잔치"(65행)를 즐기며 살아간다. 이때 여신들은 "입에서 사랑스러운 노래를 내보내시며 모든 불사신들의 법도와 현명한 처신을 노래로써 찬미하신다". 무사 여신들의 시종들은 그 입에서 달콤한 말과 달콤한 목소리가 흘러나오는데, 왕은 "현명한" 지혜를 설파하고, 시인은 슬픔을 잊게 한다.[11]

"무사 여신들의 사랑스러운 선물에도 능통한"[12] 파로스의 아르킬로코스가 술자리를 통해 디튀람보스 합창을 이끌었다고 노래했을 때, 단순한 유희를 넘어선 집단적 결속을 볼 수 있다.[13] 또 그리스의 4대 체육경합에서 승리하고 고향으로 돌아오는 승리자를 맞이하는 국가적 축제도 승리자의 칭송을 계기로, 승리자와 그 가문을 아끼고 돌보는 신들에게 감사드리기 위한 축제가 되었다. 이때 합창대는 승리자의 찬가를 불렀고,[14] 이후에도 승리 찬가는 전승과 기억을 위해 반복적으로 노래되었음을 짐작할 수 있는바, 이는 시민 교육적 목적을 배제하고 설명할 수 없다.[15] 아테나이의 국가적 행사로 확대된 박쿠스 축제의 비극도 아이스퀼로스 이래로 교육적 성격을 보여준다.[16] 마라톤 참전용사는 새롭게 탄생한 세계질서에 들뜬 승자들에게 경외와 겸손을 설파한다.[17] 아리스토파네스의 동시대인들은 "훌륭한 생각들로 우리 도시를 구할"[18] 사람으로 시인들을 제일 먼저 고려했고 결국 아이스퀼로스를 선택한다. 아이스퀼로스에게 아테나이 시민들이 구하고자 한 것은 그가 가진 "지혜와 조언"이었고,[19] 시인은 이를 통해 시민들을 바로잡고 올바르게 가르치고, 시민들을 훌륭한 사람으로 만들어 공동체에 기여할 생각을 해야 하는 교육자였다.[20] 이런 의미에서 호메로스와 그리스 시인들은 그리스 세계의 교육 중심에 서 있었다.[21]

이런 논의를 로마 세계로 확대하자면, 키케로는 시인 아르키아스의 로마 시민권 취득 사실을 옹호하는 연설을 행했다. 이때 호메로스에 대한 세상의 평판을 거론하며 시인이라는 존재의 의미를 청중에게 다시 한번 되새겨주었다. "문학의 빛"이 아니었다면 훌륭한 선례들이 어둠 속에 누워 있을 것이고, 그랬다면 사람으로서 행해야 할 도리, 명예와 용기를 그가 달리 배울 수는 없었을 것이라고 말한다.[22] 연설로써 키케로가 사람들을 도울 수 있었던 것도 시인과 문학의 가르침을 통해 남에게 도움을 주고 타인을 보호하는 방법을 어린 시절부터 배워 익힌 덕분이라고 회고한다. 호라티우스의 『시학』에 따르면 "시인들은 이롭게 하거나 즐겁게 하거나 유쾌하면서도 인생 도움이 되는 걸" 노래한다고 주장한다.[23] 또 『서간시』 2권에서도 이렇게 말한다. "시인은 선행을 전하여 자라나는 어린 세대에게 좋은 모범을 들려주며 슬프고 아플 때 위로를 건네줍니다."[24]

호라티우스는 시인-교육자론의 단초를 그의 서정시에서도 보여주었다. 흔히 로마 송가라고 불리는 연작시(III 1~6)는 이렇게 시작된다(III 1, 2~4행).

전에 없던
노래를 나는 무사여신들의 사제로
소년소녀들에게 노래하노라.

'전에 없던 노래를 노래하겠노라'는 단순히 예술가적 자부심의 발로는 아니다. 로마의 소년소녀들에게 진지한 충고 내지 경고의 서정시를 들려주겠다는 호라티우스의 의도를 반영하는 것으로 보이는바, 시인은 그의 노래를 듣고 부를 청년들에게 즐겁게 하는 것 이상의 무언가를 가르치고자 하는 바람을 가졌다.[25]

시인-교육자 호라티우스의 학생은 새로운 시대의 소년소녀만이 아니었다. 새로운 시대를 열어가는 권력자에게도 시인은 "지혜"를 가르치길 원했다. 로마 송가 IV가 여섯 편의 로마 송가들 가운데 가장 긴 작품이면서, 나아가 호라티우스 서정시들 가운데 가장 긴 작품이라는 점, 그리고 로마 송가 여섯 편의 중앙에 위치한다는 점은 로마 송가 IV의 중요성을 말해준다.[26] 여기서 시인은 무사 여신들을 불러, 카이사르 아우구스투스에게 "소박함의 지혜*lene consilium*"(41행)를 가르쳐주십사 간청한다. 이런 간청의 배경은 시의 후반에 언급되는바, "지혜 없는 힘은 제 무게로 쓰러진다"(65행)는 신적 질서에 대한 확신이며, 신들은 "절제하는 권력을 위업으로 이끈다"(66행)는 경건한 믿음이다. 여기서 권력자 아우구스투스에게 절제와 소박함의 지혜를 가르치는 피에리아 무사 여신들의 모습은 시인 자신의 모습이기도 하다.[27]

그런데 그리스 문학과 비슷한 정도로 시인의 역할과 위상에 대한 이런 의식과 자의식이 로마 사회에서도 존재했음에도 불구하고, 사실 로마 문학사에서 호라티우스가 「백년제 찬가」 공연에서 보여준 것만큼 로마 사회의 공적 영역에 직접적으로 참여한 사례는 달리 발견되지 않는다.[28] 호라티우스의 「백년제 찬가」는 유일무이한 예다. 기원전 1세기에 들어, 시인-교육자의 활동 무대가 축제와 주연에서 책과 출판으로 바뀐 것이 아닐까를 검토해 보아야 한다. 베르길리우스의 서사시가 공적 행사에서 공연된 기록은 없다. 세네카의 비극은 공연보다 독서를 염두에 두고 쓰인 작품들로 보인다.[29] 이런 의미에서 시인의 역할과 위상에 있어, 「백년제 찬가」의 공적 공연을 수락한 호라티우스는 백년제의 아우구스투스만큼이나 그리스의 방식을[30] 따르고 있다고 할 수 있다.

애초의 백년제는 티베리스 강변의 마르스 연병장에서 타렌툼이라고 불리는 장소에서 개최되는 3일의 야간 희생제로서, 저승왕 디스*Dis*와 저승 여왕 프로세르피나에게 바치는 제사였다. 희생제물은 검은 짐승이었다.[31] 아우구스투스는 이런 백년제를 완전히 새롭게 변화시켰다.

기원전 17년의 백년제는 아우구스투스가 주도하여 그를 포함하여 15인 위원회가 주관한 국가 축제였다.[32] 백년제 거행 이후에 15인 위원회와 원로원은 비碑를 세워 축제의 준비와 진행, 관련 입법과 포고 등의 기록을 남겼다. 19세기 말 비의 발굴로 기원후 5세기 조시모스의 기록에도 신빙성에 더해졌고, 우리는 이런 자료들을 근거로 백년제가 거행된 나흘을 재구성할 수 있다.

비의 기록*acta*에 따르면, 백년제는 기원전 17년 5월 31일~6월 3일까지 밤낮으로 나뉘어 나흘 동안 거행되었는데, 5월 31일 밤에 지낸 첫번째 제사로 시작하여 6월 3일 낮에 올리는 마지막 제사로 끝났다. 오로지 야간 제사로만 구성되었던 앞서의 백년제와 달리 주간 제사가 추가되었고, 전체적으로 백년제가 야간 제사에서 시작하여 주간 제사로 끝나도록 구성했다. 마르스 연병장과 카피톨리움과 팔라티움에서 거행되었다. 두번째와 세번째 밤에는 마르스 연병장에서 밤의 신들에게 제사가 모셔졌는데, 이때 저승 왕 디스와 저승 여왕 프로세르피나를 운명의 여신들, 해산의 여신들, 대지의 여신이 대신했다. 첫번째 낮과 두번째 낮에는 낮의 신들인 유피테르와 유노에게 카피톨리움에서, 세번째 낮에는 팔라티움에서 낮의 신들인 아폴로와 디아나에게 드리는 제사가 거행되었다. 6월 3일 낮의 마지막 제사 이후 소년소녀 각 27명으로 구성된 합창대는 팔라티움과 카피톨리움에서 호라티우스가 지은 「백년제 찬가」를 노래했다.

비의 기록을 날짜별로 살펴보면, 5월 31일 밤에 아우구스투스는 티베리스 강변의 마르스 연병장에서 '그리스의 제례에 따라'(*acta* 91행) 운명의 여신들에게 암양 아홉 마리와 암염소 아홉 마리를 바쳤고 운명의 여신들에게 기도를 올렸다. 아우구스투스는 호의와 자비로써 제물을 받은 여신들이 로마 인민의 "지배권과 존엄"(*acta* 93행)을 전쟁과 평화에서 강화시켜주고 로마 인민과 로마 군대에게 "승리와 강건함"(*acta* 95행)을 허락하길 기원했다. 희생제 이후에 연극 공연이 있었고, 15인 위원회가 선발한 10명의 "귀부인들"은 유노와 디아나 여신을 모시고 "만찬 *sellisternia*"을 가졌다(*acta* 100~102행).

6월 1일 낮에 아우구스투스와 아그리파는 각각 황소를 카피톨리움 유피테르에게 바쳤다. 기원의 내용은 전날 밤과 같았다. 티베리스 강변의 마르스 연병장에 세워진 목조 극장에서 연극 공연이 있었다. 이어 전날 밤과 같은 방식으로 "가모家母"(*acta* 109행)들은 "만찬"을 가졌다. "훌륭한 관례, 그리하여 환영받는 관례에 따라 공적 향응의 정당한 이유가 있을 때마다 자주 언급되는 모범들을 가지고"(*acta* 111행) 전날 시작되었다가 중간되었던 연극 공연이 이어졌고, 이를 통해 가모들의 슬픔을 달래기를 15인 위원회는 바랐다. 6월 1일 밤에 아우구스투스는 해산의 여신들*Ilithyiae*에게 각각 아홉 개씩의 제사용 과자*liba, popona, ptboes*를 바쳤다. 앞서와 같은 내용을 기원을 올렸다.

6월 2일 낮에 아그리파는 "그리스의 제례에 따라"(*acta* 119행) 카피톨리움에서 여왕 유노에게 암소를 바쳤고 앞서와 같은 기원을 올렸다. "110명의 갓 결혼한 가모들"(*acta* 123행)이 초대되어 아그리파의 기도에 함께했다. 기원의 내용은 앞서와 같았다. 6월 1일 낮의 연극 공연이 이어졌다. 6월 2일 밤에 아우구스투스는 "그리스의 제례에 따라"(*acta* 134행) 티베리스 강변에서 새끼를 밴 암퇘지를 "대지의 여신*Terra Mater*"(*acta* 136행)에게 바쳤다. 앞서와 같은 내용의 기원을 올렸다. 귀부인들은 "만찬"(acta 138행)을 가졌다.

6월 3일 낮에 아우구스투스와 아그리파는 팔라티움에서 아폴로와 디아나 여신에게 각각 아홉 개씩의 제사용 과자를 바쳤다. 이어 아폴로와 디아나 여신에게 각각 앞서와 같은 내용의 기원을 올렸다.

전체적으로 백년제 기념비의 기록을 살펴본 것에 따르면 백년제의 중심은 생산과 출생을 지배하는 대지의 신들에 있는 것으로 보인다. 백년제 행사의 첫날에 있었던 "만찬"에 모셔진 여신들은 유노와 디아나였는바, 이 여신들이 생산과 출생을 지배한다는 것은 널리 알려진 사실이다. 또 6월 1일 주간 희생제에서 거행된 연극 공연의 목적이 "부인들의 슬픔을 줄이는 것"(*acta* 112행)이었다는 것은 출산과 생산과 관련되어 해석되어야 한다. 또 6월 1일 야간 희생제에서 해산의 여신들에게 제사용 과자를 바쳤는바, 이는 6월 3일 낮에 아폴로와 디아나에게 바쳤던 제물과 동일하다.[33]

「백년제 찬가」 기록은 6월 3일 낮의 기록 바로 다음이다. "백년제 희생제가 마무리되자 부모가 모두 생존해 있는 아이들 가운데 선발된 27명의 소년들과 같은 수의 소녀들이 노래를 불렀다. 똑같이 다시 한번 카피톨리움에서 공연되었다. 찬가는 퀸투스 호라티우스 플라쿠스가 지었다."[34] 아우구스투스가 직접 호라티우스를 지명한 것을 보면, 축제만이 아니라 찬가의 준비에도 우리 생각 이상으로 깊이 개입하였을지도 모른다.[35] 「백년제 찬가」는 합창시였다. 선발된 소년소녀 54명으로 구성된 합창대는 팔라티움에서 첫 공연을 했고 "똑같이 다시 한번" 카피톨리움에서 두번째 공연을 거행했다.

몸젠은 「백년제 찬가」를 행진가로 생각했다.[36] 백년제 비의 발굴에 참여하고 비를 최초로 편집한 몸젠(1891)은 비의 기록을 토대로 찬가 구성의 새로운 시각을 제시했다.[37] 찬가는 세 부분으로 크게 나뉘는바, 카피톨리움 부분(37~52행)과 앞뒤의 팔라티움 부분(1~36행과 53~76행)이다.[38] "흰 소 제물"(49행)은 백년제 비에 따르면 첫날과 둘째 날의 주간에 카피톨리움에서 하늘 신들에게 바친 제물이었다. 여기서 몸젠은 찬가의 세 부분이 장소 변경을 반영한다는 놀라운 가설을 제시한다. 단순히 찬가를 읽기만 하는 독자에게는 잘 드러나지 않을 만한 것이지만 당시 청중은 분명히 알 수 있었던바, 합창대가 팔라티움에서 시작하여 로마 광장과 신성 대로를 지나 카피톨리움으로 이동하고, 그리고 다시 카피톨리움에서 팔라티움으로 이동하면서 찬가를 노래했다는 것이다.

몸젠의 가설에 비판적인 다른 연구자들과 함께 워드 파울러(1910)도 행진가였을 가능성을 부정하면서 매우 설득력 있는 흥미로운 제안을 했다.[39] 그는 학자들이 아폴로 신전이 위치했다고 보는 팔라티움의 북동쪽 언덕을 찬가의 공연장소로 지목했다.[40] 오비디우스는 『슬픔의 노래』에서 가파른 계단을 통해 그곳에 닿았다고 기록했다.[41] 팔라티움 아폴로 신전은 아폴로와 디아나와 라토나 등 세 개의 신상을 모셨고, 지붕에는 사륜마차를 끄는 태양의 신이 서 있으며, 신전 문에는 켈트족의 공격을 받는 델포이 신전, 니오베 아들딸의 죽음이 장식되어 있었다.[42] 이곳의 맞은편에 카피톨리움과 유피테르 신전, 로마 광장이 보였을 것이고, 멀리 카피톨리움의 왼쪽에 마르스 광장의 타렌툼이 보였을 것이다. 합창대는 이동하지 않고 제자리에서 몸을 돌려 방향을 트는 것만으로, 몸젠이 언급한 카피톨리움 부분과 팔라티움 부분을 각각 노래했을 것이라는 가설이다.

한편 「백년제 찬가」는 '백년제'의 한 부분으로 이해되며, 비의 기록을 토대로도 이것이 자연스럽다. 앞서 본 바와 같이 희생제 거행, 아우구스투스 등의 기원, 귀부인들의 만찬과 연극 공연이 희생제의 기본 순서이기 때문이다. 그런데 프랭켈은 "희생제가 마무리되자"를 '6월 3일 주간 희생제를 끝으로 백년제 전체가 마무리되자'로 이해했다. 이 경우 「백년제 찬가」는 백년제 행사의

한 부분이 아니라, 백년제와 분리된 별도의 행사가 된다.[43] 이는 「백년제 찬가」가 백년제 본 행사 밖에서 전체 축제를 돌아보며 의미를 되새기는 "고대 종교 문학에서 유래가 없는" 기회였다는 "혁명적" 가설이다. 아무튼 이런 훌륭한 분리 공연의 가설은, 프랭켈 본인의 주장인바, 호라티우스 서정시의 본질이라고 할 현실과의 "완전한 독립"과 "자족성"을 만족시킨다.

우리는 그의 분리 공연 가설을 따르고자 하는바, 다만 「백년제 찬가」를 오늘의 백년제가 아니라 미래의 백년제를 기원하는 합창으로 보기 때문이다. 우리는 프랭켈과 달리 「백년제 찬가」를 오늘의 백년제를 되새기는 찬가가 아니라, 다음 백년과 미래의 백년제를 희망하는 찬가로 보고자 한다.[44] 「백년제 찬가」의 공연은 오늘 로마인들의 처신이 미래의 로마인들에게 어떤 결과로 나타날지 숙고하는 시간이었다. 시인의 시선은 내일을 향해 있었다. 시인은 합창대는 물론 공연을 지켜보는 모두로 하여금 내일을 바라보며 오늘의 자신을 돌아보도록 가르치는 교육자였다.

이제 우리는 호라티우스가 단순히 국가 축제에 동원된 것이 아니라, 시인-교육자로 호라티우스가 「백년제 찬가」를 통해 로마의 미래를 위해 돌보아야 할 가치와 이를 위한 시민적 태도가 무엇인지를 보여주고 있음을 입증하고자 한다. 그때 합창대의 소년소녀들에게, 미래를 짊어질 세대에게 '지혜와 조언'을 전하고자 한 시인은 백년제 주관자가 원했던 것과 거리를 두고 있었다. 아우구스투스는 백년제를 통해 지난 기간의 성공적 통치와 위대한 치적을 합당하게 칭송할 시인을 선택했을 것이지만, 시인은 지금의 젊은이들이 바르게 살아감으로써 누리게 될 미래의

새, Villa Poppaea, 기원후 70년 경 ⓒ jebulon

평화에 주목한다. 그에게 지금은 평화를 위한 시작이고 출발일 뿐이다.

「백년제 찬가」는 19연 76행의 장시長詩다. 균등 분할의 원칙에 따른 프랭켈의 견해를 보면 전체 단락 구분은 전반 9연(1~36행), 후반 9연(37~72행) 그리고 종결부 1연(73~76행)으로 구성된다. 그리고 전반부와 후반부를 각각 다시 삼분하여 A I(1~12행), A II(13~24행), A III(25~36행), B I(37~48행), B II(49~60행), B III(61~72행)으로 나누어볼 수 있다.[45]

포에보스와 숲을 다스리는 디아나여,
빛나는 하늘의 자랑, 공경받아야 하며

늘 공경받는 분이여, 허락하소서, 신성한
날에 드리는 저희 소망을.

시빌라의 예언서에 이르길, 이날에는
단정한 소년들과 소녀들을 가려 뽑아,
일곱 언덕을 사랑하는 신들을 위하여
찬가를 노래하라 합니다.

생명의 태양이여, 찬란한 마차로 하루를
내놓으며 감추며 같으면서 매일 다르게
태어나는 분이여, 수도 로마보다 위대한
것은 보지 못할 겁니다.

해산의 여신, 달리 불리길 원하신다면,
달의 여신 혹은 생산의 여신이여, 때가 되어
태어나는 것들을 합당하게 돌보는 분이여,
어미들을 지켜주소서.

여인이여, 자손을 보게 하시고, 원로원의
의결을 축복하소서. 여인들의 혼인을
단속하고, 새로 태어날 시민들의 번창을
약속하는 혼인법의 선포를.

열번째 십일년이 흘러 다시 돌아오리라

정해진 축일에 노래와 잔치가 펼쳐져
청명한 삼일 낙과 같은 수의 즐거운 밤을
사람들이 북적대게 하소서.

운명의 여신들이여, 진실만을 노래하여
일단 내뱉은 말은 영원토록 굳건한 결말로
이루는 분이여, 이미 이루어진 것에 유복한
미래를 보태어주소서.

알곡과 가축이 그득하고 비옥한 대지는
이삭의 화관을 대지 여신에게 선물하고,
생명을 살리는 비와 유피테르의 바람은
추수에 양분이 되어주소서.

활을 내려놓고 온화하고 인자한 모습의
아폴로여, 소년들의 탄원을, 두 개의 뿔이
달린 달의 여신이여, 별들의 통치자여,
소녀들의 탄원을 들어주소서.

로마가 당신들의 과업이라면, 일리온의
군대가 에트루리아 해안에 도착하였다면,
성주신과 조국을 떠나라 명받은 그들이
부활의 항로를 나섰다면,

그들과 함께 불타는 트로이아를 무사히 떠나
단정한 아이네아스가 조국의 유민으로
자유의 길을 개척하였다면, 남은 자들에게
많은 것을 주리라 하였다면,

신들이여, 유순한 소년에게 바른 품행을,
신들이여, 평화로운 노년에게 휴식을,
로물루스 자손에게 부와 자손과 자랑이
될 모든 것을 허락하소서.

앙키세스와 베누스 혈통의 고귀한 자가
흰 소 제물로 소망한 것은 뭐든 이루며,
오만한 적은 응징하고, 복종하는 적에겐
관용을 베풀기를.

이제 육지와 바다를 제압한 군대와
알바롱가의 도끼를 메디아는 두려워하고
지난날 무도했던 스퀴티아와 인디아는
평화의 응답을 간청한다.

이제 신의와 평화와 명예, 그 옛날의
염치와 사라졌던 덕들이 되돌아오려 한다.
지복한 풍요의 여신이 풍요의 뿔을 가득
채우고 모습을 나타낸다.

예언의 신, 눈부신 활을 아름답게 걸친
포에보스여, 아홉 무사 여신들이 사랑하는
분이여, 치유의 솜씨로 지친 육신 사지에
힘을 복돋아주는 분이여,

팔라티움 언덕에 마음이 흡족하시다면,
행복한 마음으로 로마와 라티움의 부가
다음 백년제까지 계속되게 하시고, 더욱더
영원토록 이어가게 하소서.

아벤티누스와 알기두스 언덕을 다스리며
15인 예언서 박사들을 돌보는 디아나여,
소년들의 간청에 귀를 기울이어 그들이
소원을 이루게 하소서.

이런 말씀을 유피테르와 신들께서 모두
아시리라는 분명한 희망을 안고서 저는,
포에보스와 디아나 찬가의 합창을 배운
저는 집으로 돌아갑니다.

「백년제 찬가」의 분석을 종결부로부터 시작하면, "단정한 소년들과 소녀들을"(6행) 가려 뽑아 구성된 합창대는 종결부에 이르러 그들에게 맡겨진 국가적 과제를 성공적으로 마치고 각자 집으로 돌아간다. 백년제에서 모셔진 모든 신성이 연이어 언급되면서 「백년제 찬가」의 목적이 드러나지 않았다가 마지막에야 밝혀진다. 합창대는 "포에보스와 디아나 찬가"(75행)를 부른 것이다. 만약 호라티우스에게 아우구스투스가 정확하게 특정하여 맡긴 일이, 마지막에 시인이 언명할 때까지 불분명하기만 했던 "포에보스와 디아나 찬가"였다면,[46] 어쩌면 과제에 충실하지 못한 것처럼 비칠지도 모른다고 염려한 시인은 '그래도 포에보스와 디아나 찬가'였다고 강변하는 것처럼 보인다.

여기서 카피톨리움 신성 혹은 전통의 신성이 물러나고 팔라티움 신성 혹은 새로운 신성이 전면에 등장한다는 워드 파울러의 주장과 달리, 종결부에서 드러나듯, 카피톨리움 신성도 나란히 합창을 듣고 있다(73행). 아니 궁극적으로 그것은 나머지 신들과 세계를 통치하는 카피톨리움 신성을 향한 것일지 모른다.[47] '세상 권력의 원천'인[48] 유피테르와 모든 신들에게 올린 "이런 말씀"(73행)을 유피테르와 모든 신들이 '알았다'고 합창대는 확신한다. 훗날 시인이 백년제 공연을 회상하며 지은 시에서, 합창대에 참가했던 소녀도 그날의 찬가가 "신들에게 달가운 노래"[49] 였다고 증언한다. 시인이 합창대에게 '가르치고' 합창대가 "배운"(75행) 말이 신들에게 분명하게 전달되었으리라는 "분명한 희망"(74행)을 안고 해산하는 합창대의 소임은 분명 이것이었다. 그리고 시인의 손을 따라[50] 합창대의 입에서 들려오는 소년소녀의 합창을, 세상의 최고 권력자들을 포함하여 모두가 들었다. 백년제 비는 이때 아우구스투스를 비롯한 15인 위원회가 "거기에 있었다"[51]고 기록했다.

첫 단락(1~12행)은 아폴로와 디아나, 해와 달, "빛나는 하늘의 자랑"(2행)으로 시작한다.[52] 백년제 비의 기록처럼 마지막 날 주간晝間에 「백년제 찬가」를 소년소녀들이 부르고 있음을 상기시킨다(6~7행). 아폴로와 디아나는 지금까지 늘 공경받는(3행) 신들이었고, 지금 시작되는 다음 세기 동안에도 늘 공경받을(2행) 신들이다. 팔라티움 언덕에 위치한 아폴로 신전의 지붕에 태양신 헬리오스의 사두마차가 장식되어 있는데, 팔라티움의 아폴로와 태양신은 분명히 구분되어야 한다. 다시 말해 "생명의 태양"(9행)이라고 불린 태양신을 팔라티움의 아폴로에 국한시킬 필요는 없다. 프랭켈의 생각처럼 시인 호라티우스는 팔라티움의 아폴로나 그 지붕에 장식된 헬리오스보다 좀더 크고 위대한 것에서 출발하고자 했다고 할 수 있다.[53] 그렇다면 그것은 분명 합창대가 노래 부르는 바로 이 순간, 합창대의 머리 위를 지나고 있는 태양이다. 이 태양이 상징하는 '재탄생과 부활'(9~10행)은 찬가의 중심이면서 동시에 백년제의 중심이다.[54]

두번째 단락(13~24행)의 중심은 디아나 여신과 출산이다. 호라티우스는 디아나를 백년제의 두번째 야간 제사에서 모셔진 해산의 여신과 동일시한다. 선대의 죄로 벌어진 전쟁의 함성을 들어야 했던, 내전으로 선대가 다투는 동안 얼마 태어나지 않은, 그래서 몇 안 되는 후손들[55]은 생산과 출산을 담당하는 여신 앞에서 자손의 번영을 노래한다. 여기서 시인이 아우구스투스 결혼법을 염두에 두었다는 해석을 배제할 수는 없다. 아우구스투스는 백년제 직전인 기원전 18년에 '결혼에 관한 율리우스 법'을 제정하여 결혼과 출산을 장려했고,[56] "원로원 의결"(18~19행)로

제정된 다른 결혼법이 있었는지는 분명하지 않다. 단락의 끝에서 합창대는 110년 뒤에 다시 개최될 백년제를 떠올리며 지금보다 더 많은 사람으로 "북적대기"(24행)를 기원한다. 전쟁이 끝나고 질서가 회복되고 모두에게 평화와 풍요가 뒤따르면, 자손이 태어나고 사람들이 불어나는 것은 "인간 사회 생활의 근간"[57]을 지배하는 법칙이다. 두번째 단락의 마지막은 지금의 평화와 풍요의 결과로, 지금보다 더 크고 성대하게 사람들이 운집하게 될, 다음 백년제의 '3일 밤과 3일 낮'(23행)을 떠올리며 마무리된다.

세번째 단락(25~36행)은 미래의 약속과 운명을 노래다. 다음 백년제까지 변함없이 이어질 번영과 질서가 시작되는 출발점이 이번 백년제의 의미다. 평화와 풍요의 시대가 새롭게 열리는 시작이다. 이번 백년제는 전통에 따라 야간 희생제였고 "운명의 여신들*Parcae*"(25행)에게 올리는 제사였고 이를 비는 "모이라*Moerae*"로 기록했다. 일단 말한 것은 반드시 이루는 여신들이 "유복한 미래"(27~28행)를 보태주길 기원한다. 마지막 야간 희생제를 받은 여신, "대지의 여신*Ceres*"(30행)은 풍년을 가져다줄 것이다. 세번째 단락은 부활의 신 아폴로와 출생의 신 디아나 여신에게 드리는 기원으로 마무리된다.

몸젠 이래로 대부분의 연구자들이 받아들이는바, 37행에서 찬가의 후반부가 시작된다. 전반부에서는 로마 번영과 지속의 물질적 토대가 이야기되고 있으며, 후반부에서는 로마 번영과 지속의 도덕적 정치적 요소가 언급되고 있다.[58]

후반부의 시작인 네번째 단락(37~48행)은 로마의 미래를 약속했던 과거로 되돌아가 신들에게 약속의 이행을 촉구한다. 트로이아의 멸망과 방황, 아이네아스의 건국과 트로이아의 부활로 이어지는 건국 신화는, 트로이아의 후손들과 맺었던 신들의 약속을 상기시킨다. 『아이네이스』의 유피테르 연설을 떠올리지 않을 수 없다.[59] 트로이아의 유민들은 신들과 약속한 모든 것을 이행했고 이제 신들이 약속을 이행할 때가 되었다. 유피테르가 약속한 것인바, 시인의 조언대로, 소년의 "바른 품행"(45행)은 장차 미래에 노년의 평화로운 "휴식"(46행)이 얻게 될 것이다. "로물루스의 자손"(47행)에게 자랑거리가 될 일들이 이루어질 것이다.

다섯번째 단락(49~60행)은 "앙키세스와 베누스 혈통의 고귀한 자"(50행)에 이르러 드디어 신들의 약속이 이루어지려는 조짐을 감지한다. 앞서 시인은 누구인지 특정하지 않고 그저 "신들"(45행과 46행)이라고만 했으나, 드디어 여기서 "신들"의 정체가 드러난다. '흰 소를 제물로 받은 신들'(49행)은, 백년제 제물로만 판단하건대, 첫번째 주간 희생제와 두번째 주간 희생제를 받은 유피테르와 유노 여신이다.[60] 또 카피톨리움 신들의 도움으로 세상을 통치하는 자가—물론 누구인지 모를 사람은 없겠지만 시인은 의미심장하게도 이름을 밝히지 않는다—오만한 적을 벌하고 복종하는 자에게 관용을 베푼다면, '신의와 평화와 염치와 덕'이 다시 돌아올 것이다(57~58행). 풍요(60행)는 장차 "바른 품행"(45행)의 청년이 노년의 "평화"(46행)을 누리며 얻게 될 결과물이다.

다섯번째 단락(61~72행)은 전반부 도입에서 언급된 아폴로와 디아나 여신의 호의로 다시 돌아간다. 첫번째 단락의 아폴로와 디아나에서 출발하여 다시 아폴로와 디아나로 귀결되는 환원 구조다.[61] 하지만 이는 아폴로와 디아나를 유피테르보다 강조하기 위한 것이라기보다, 아폴로로 상징되는 부활과 재탄생, 회복과 치유를 다시 한번 강조하려는 의지로 보인다. 아폴로와 디아나는 팔라티움에 자리를 잡고(65행), 아벤티누스와 알기두스 언덕을 다스리고(69행), 제관들의 제사를 받고(70행), 소년소녀들의 찬가를 듣는다(71행). 아폴로는 "아홉 무사 여신들"(62행)과 함께 음악과 의술의 신성으로 등장한다. 합창대는 "지친 사지에 힘을"(63~64행), 다시 말해 치유와 회복의 힘을 불어넣어주기를 기원한다. 그리하여 이번 백년제가 "다음 백년제"(67행)로 이어지고, 영원토록 그렇게 이어갈 힘이 생겨나길, 그러니까 회복과 치유를 기원한다.

전체적으로 호라티우스는 「백년제 찬가」를 통해 합창대에 참가한 소년소녀들에게, 합창을 듣는 모든 이에게 '지혜와 조언'을 전하고 있다. 그들이 지금 어떻게 처신해야 하며, 그런 처신의 결과로 어떤 미래가 그들에게 보장될 것인가를 시인은 내란과 격변으로 고통과 고난을 겪은 로마인들에게 이야기한다. 아우구스투스의 성공적인 치세를 환영하고 칭송하고 선전하는 것처럼 보일 수 있는 구절들은—"위대한 로마" "시민들의 번창" "비옥한 대지" "생명을 살리는 비" "신의와 평화와 명예" "염치" "지복한 풍요" "로마와 라티움의 부"—이번 백년제에서 그 기원과 희망이 시작되어, 다음 백년제를 통해 그 실현과 성취가 기대되는 것들이다. 이제 그런 희망을 품어도 좋을 만큼 좋은 통치자를 만났기 때문에 가능한 희망이라면, 그 점에서 시인은 아우구스투스를 높이 평가하고 있다고 할 수 있다. 중요한 것은 로마인들은 이제 겨우 출발점에 섰다는 것이다.

지금까지 우리가 다룬 문제는 서양 고대 세계에서, 그러니까 그리스 로마 세계에서 시인은 어떤 존재였는가, 사람들이 시인을 어떤 존재로 생각했는가라는 질문과, 나아가 시인들은 스스로를 어떤 존재로 생각했고, 스스로에게 어떤 역할로 부여했는가라는 질문을 출발점으로 하여 파생된 문제들이다. 기원전 1세기의 아우구스투스 시대로, 그리고 이탈리아의 로마로 시공을 제한하고 우리는 이 문제들에 답하고자 했다.

호메로스는 플라톤이 증언한 대로 그리스 세계의 교육자였다. 소크라테스 이전 철학자들이 그들의 놀라운 지혜를 발표하는 데 서사시 형식을 빌린 것은 호메로스 이래 시의 힘에 대한 시대적 상식을 반영한 것으로 보인다. 아르킬리코스는 전사戰士이자 시인이었다. 그는 용병으로 희랍 세계의 여러 곳을 전전하며 수많은 전투를 치르는 가운데 얻은 삶의 지혜를 시라는 형식으로 기록했다. 칼리노스와 튀르타이오스는 젊은이들에게 용기를 가르치는 시를 노래 불렀다. 사포는 처녀들의 공동체를 이끄는 선생이었고 처녀들의 교육에 시를 활용했다. 아테나이의 현자 솔론은 시인이면서 정치가였고, 시를 통해 그의 정치적 지혜, 사회적 계급 간의 단합과 조화를 설파했다. 플라톤이 시인이라는 존재를 두려워했던 것은 시인이 무서운 힘을 발휘하는 교육자였기 때문이었다.

우리는 그리스의 시인들이 스스로를 교육자로 생각하고 의식적으로 시를 교육적 도구로 사용했는지에 답해줄 명확한 증거를 가지고 있지 않다. 하지만 분명한 것은 시인 교육자 전통이 이어지고 있었다는 것이다. 호메로스 이래의 전통이 계몽주의 시대에도 이어진 것이다. 아테나이 도시국가 내에서 차츰 기존 권력자들만이 아니라 일반 시민으로 정치적 권리와 참여가 확대되면서 바야흐로 연설의 시대가 찾아왔다. 연설의 시대는 산문의 시대를 의미한다. 역사 산문이 등장하고 철학 산문이 등장하는 가운데 비극 시인들은 호메로스 이래로 시인이 지켜온 자리와 권리를 물려받은 존재였고, 그들은 도시국가의 시민공동체를 교육했다. 아리스토파네스가 아테나이의 공동체를 일으켜세울 구원자로 비극 시인 아이스퀼로스를 선택했던 것도 시인 교육자라는 뿌리깊은 전통 때문이었다.

헬레니즘 시대가 끝나고 로마가 지중해를 지배하게 되었을 때, 로마는 베르길리우스와 호라티우스 등 시인의 등장과 함께 지난 2세기 동안 진행된 그리스화 과정의 결실을 거두어들이고 있었다. 로마 문학의 황금기라고 할 수 있는 아우구스투스 시대에 로마 문학은 드디어 세계 문학에 이름을 올리기 시작했다. 그리고 놀랍게도 호라티우스에게서 교육자 시인이라는 자의식이 깨어나기 시작했다. 정치가 아우구스투스가 갈등과 분열, 내전의 시대를 끝내고 평화와 화합의 시대로 공동체를 이끌고 있었을 때, 시인 호라티우스는 로마의 들녘에 새로 태어난 세대가 예전과 같은 어리석은 행동을 반복하지 않도록 가르칠 의무를 발견했고, 그 책무와 사명을 스스로에게 부여했다. 그리하여 새로운 로마의 건설에 발맞춰 공동체를 지탱한 동량들이 시인과 함께 성장하고 있었다. 시인은 이런 자신의 모습에 강한 자부심을 가지고 있었음이 분명하다.

플라톤의 『국가』는 새로운 공동체 구성의 이상을 담고 있다. 그는 철인哲人이 통치하는 권력 구조를 만들고, 수호자와 생산자 등 각 사회 구성원이 각자에게 주어진 역할을 충실하게 수행하게 하면 도시국가가 정의正義에 도달할 것이라고 생각했다. 그런데 철인 지배의 이상 국가를 외친 주창자는 교육을 아주 공들여 논의한다. 이상 국가가 제대로 작동하고 공동체적 정의에 다다르는 데 제일 중요한 핵심은 결국 사람이고, 사람을 만드는 것은 교육이라는 점을 플라톤도 주목했기 때문이다.

플라톤이 선택한 이상적 공동체의 교육 과정은 음악과 체육이었다. 음악 혹은 시가詩歌가 사람을 '만드는' 힘을 가지고 있음을 플라톤은 익히 알고 있었다. 시인이 그 힘의 담지자라는 것도 그는 분명히 의식하고 있었다. '시인*poeta*'을 가리키는 희랍어 '포이에테스ποιητής'는 '만든다'는 어원을 가진다. 시인은 지금 이 세상에 그동안 없었던 이야기를 빚어내고 지어낸다. 시인은 자신이 물려받은 과거로부터 현재를 살아갈 힘과 용기를 찾아내고 들려준다. 기억의 여신에게서 태어난 음악의 여신들은 고통 받는 자를 위로할 달콤한 말을 시인을 통해 들려주었고, 억울한 자의 억울함을 풀어줄 달콤한 말을 통치자를 통해 선포했다. 무사 여신들의 달콤한 말씀인 지혜를 전하는 시인을, 올바름과 훌륭함, 덕과 용기를 전하는 시인을 플라톤도 이상 국가에 배제할 수 없었다. 시인은 음악과 시를 통해, 무사 여신들이 그에게 준 능력을 가지고 사람을 빚어내는 일에 동참하고 있었던 것이다.

기원전 1세기말 로마 공동체는 이제 새로운 출발선 위에 서 있었다. 통치자들은 질서와 화합을 원했고, 평화가 다시 찾아왔다. 아우구스투스는 로마와 이탈리아의 통합과 평화를 완성했다고 믿었고, 이를 선포할 백년제를 개최했다. 그는 로마인들을 올바른 길로 선도할 입법적 조치를 취했고, 로마의 조상들이 보여준 탁월함을 오늘의 로마인들에게 다시 상기시키고 이를 본받아야할 모범으로 삼도록 했다. 그렇게 따뜻한 봄날이 돌아오고 사람들은 일터로 돌아갈 수 있었다. 매서운 겨울날이 풀려 봄과 서풍이 즐거이 돌아오니 기중기는 말려두었던 배를 끌어내린다. 아이네아스의 어머니, 퀴테라 섬의 베누스는 달이 뜨는 밤 합창대를 이끌고 고운 그라티아 여신들은 요정들과 어울려 발 바꾸어 땅을 구른다. 봄의 축제가 열렸고, 여인들은 춤을 추고 환호했다.

하지만 맑은 눈은 로마가 이제 막 다시 평화와 질서의 길로 들어서고 있는 것을 보았을 것이다. 로마는 겨우 시작점에 서있을 뿐이었다. 정치 지도자가 힘과 권력으로 할 수 있는 일 자체가 한계가 있는 일이었다. 국가와 법이 이룰 수 있는, 삼엄한 단속과 엄정한 처벌이 다다를 수 있는 것은, 사람들이 남들에게 그렇게 보이도록 노력하는 처신하게 하는 데까지였다. 위선과 진실이 구분되어야 하듯, 그렇게 보이는 것은 실제로 그렇게 되는 것과 분명히 나뉘어야 한다. 과거를 돌아보고 미래를 내다보며, 여러 세대가 보지 못했던 새로운 세계를 향해, 행복한 세상을 향해 나아가는 로마인들에게 등불을 들어 길을 밝혀주고 이끌어줄 사람이 절실했다. 로마에 그럴 만한 철학자는 없었고 그럴 만한 종교지도자도 없었다. 사람들이 누려야 할 삶의 행복은 어떤 모습을 하고 있는지 그려주고 알려주고 가르쳐줄 시인이 절실했다. 바로 이때 호라티우스는 행복의 지혜를 보았고 목격했다.

나는 멀리 깊은 산에서 박쿠스가 노래를
가르치는 걸 보았다. 믿어라, 후손들아.
여인들과 귀를 곧추세운 염소 발의
사튀로스들이 배우고 있는 걸 보았다.

만세. 두려운 마음은 지금도 흔들리고
박쿠스로 벅찬 가슴은 혼란 가운데
행복하다. 만세. 살피소서, 해방의 신,
살피소서, 커단 지팡이로 두려운 이여.[1]

주

머리말

1 호라티우스, 『시학』, 345행.

2 호라티우스, 『서간시』 I 18, 104행.

3 호라티우스, 『카르페 디엠』 I 17, 2행(민음사, 2016).

4 호라티우스, 『카르페 디엠』 III 13, 1행.

5 예를 들어 지난 세기 호라티우스의 사비눔에 관해 최종적 보고는 다음과 같다. Ernst Schmidt(1997), *Sabinum : Horaz Und Sein Landgut Im Licenzatal, Heidelberg*.

6 호라티우스, 『시학』, 309행.

7 헤시오도스, 『신들의 계보』, 54행.

8 아르킬로코스, 「단편」 1, West(『고대 그리스 서정시』, 민음사, 2018에 수록).

9 베르너 예거, 『파이데이아』, 55쪽 이하 수록(아카넷, 2019).

10 호라티우스, 『카르페 디엠』 I 12, 5행 이하.

11 호라티우스, 『카르페 디엠』 III 30, 12행 이하.

12 오비디우스의 엘레기 2행시도 서사시 운율의 변종이다.

13 호라티우스, 『대화』 II 6, 93행.

14 호라티우스, 『카르페 디엠』 I 11, 8행.

15 호라티우스, 『서정시』 I 1, 마에케나스 헌정시를 보라.

16 호라티우스, 『서정시』IV 2, 27행 이하 "하나 나는 마디누스 꿀벌이 일하는

모양으로 귀한 백리향 꿀을 끝없는 노고로 모으며 서늘한 숲 속을 거닐고 촉촉한 티부르 강둑을 따라 걸으며 고생스러운 노래를 자그마한 목소리로 빚고 있다." IV 9, 46행 이하 "행복한 사람이란 이름에 걸맞은 사람은 신들이 허락하신 재능을 지혜롭고 현명하게 발휘할 줄 알고 힘겨운 가난을 견딜 줄 아는 사람이라."

17 호라티우스, 『서정시』 I 2, 21행.

18 호라티우스가 아우구스투스의 정치적 선전에 도구로 활용되었는가의 문제가 있으며, 우리는 이를 5장 '백년제의 계관시인'에서 살펴보고자 한다.

1장

1 호라티우스, 『서간시』 I 2, 56행.

2 에피쿠로스, *KD* XIV "다른 사람들의 공격으로부터의 안전이, 고통을 제거하는 어떤 힘 또는 부에 의해서, 어느 정도까지 달성될 수 있다 하더라도, 가장 순수한 안전은 대중으로부터의 고요와 은거로부터 생겨난다." *GV* XXV "자연의 목적에 따라 평가한다면, 가난은 큰 부이다. 반면 무제한적인 부는 큰 가난이다."

3 머레이[Murray] (1985, 50쪽)는 호라티우스의 초기 서정시를 "그의 위대한 향연 시 모음집[*his great collection of sympotic poetry*]"이라고 부른다.

4 머레이(1985, 41쪽 이하)는 카토 이래로 이런 경향이 나타났으며 이런 경향이 지배적 경향이 된 것이 공화정 말기라고 본다.

5 호라티우스, 『서정시』 IV 15, 25행 이하.

6 『서정시』 I 6, 9행 이하 "염치와 전쟁과 무관한 뤼라에 밝은 무사 여신들은, 위대한 카이사르와 당신을 모자란 재주로 칭찬하는 일이 없도록 금합니다. 누가 로마 철갑을 입고 싸우는 마르스를 걸맞게 노래하겠으며, 트로이아 먼지로 검은 메리오네스, 또는 팔라스의 도움으로 신과 겨룬 디오메데스를 노래하겠습니까?"

7 키슬링-하인제[Kiessling-Heinz] (1968, 386쪽). 『서정시』 I 6, 9행 "**작은 이**에게는 과한 일." II 1 39~40행 "저와 함께 디오네의 동굴 속에서 **가벼운 비파**의 노래를 부르소서."

8 호라티우스,『서정시』I 6, 17행.

9 예를 들어 앞서 언급한 머레이를 보라.

10 "나무 그늘 아래*sub umbra*"와 유사한 공간은 호라티우스 작품에서 여러 번 언급된다.『서정시』I 1, 19~22행 "오래 묵은 마시쿠스를 마시자 하면 멀쩡히 일할 벌건 대낮에도 마다치 않고 갓 푸른 나무 아래 신성한 시냇물의 잔잔한 머리맡에 몸을 누일 사람이 있다." 여기서도 술잔치와 평화로운 하루를 노래한다. 나무 아래의 그런 장소들이 있다.『비방시』II, 23행 "오래된 감탕나무 아래",『서정시』I 38, 7~8행 "포도나무 그늘 아래",『서정시』II 3, 9~12행 "거기 큰 소나무와 하얀 포풀루스는 나뭇가지를 합해 손님 맞을 그늘을 드리우고 굽이쳐 흘러가는 맑은 강물은 도망치듯 길을 재촉한다."『서정시』II 7, 18~19행 "오랜 군역으로 탈진해버린 옆구리를 나의 월계수 아래 뉘어라." 혹은 시적 영감을 불러오는 숲과 동굴이 있다.『서정시』III 25, 1~5행 "박쿠스여, 어디로 가십니까? 당신으로 가득한 저를 데리고? 어느 숲, 어느 동굴로 낯선 기운에 나는 듯 저를 데리고? 어느 동굴에서 위대한 카이사르의 영원할 위업을 하늘의 별과 유피테르의 회합에 넣는 저의 노래를 들려드릴까요?"『서정시』I 1, 29~31행 "머리에 쓴 현자의 담쟁이 화관은 나를 신들과 함께 있게 하며, 그늘진 숲에 사튀로스와 어울린 여인 합창대는 나를 세상과 떼놓는다."『서정시』III 25, 13행 "인적이 끊긴 숲",『서간시』II 2, 77~78행 "시인의 무리는 숲을 사랑하며 도시를 멀리하며, 꿈과 그늘의 즐기는 박쿠스의 기탁자입니다."『서정시』II 1, 39행 "디오네의 동굴 속에서"와『서정시』III 4, 40행 "피에리아 동굴에서"를 보라.

11 프랭켈Fraenkel(1957), 171쪽 이하를 보면 벤틀리Bentley 이래로 '*poscimus*'가 유력하게 받아들여지는 판본이다. 신에게 드리는 기도는 아니지만 '비파'도 충분히 신적이라는 점에서 신에게 간청하고 소원을 비는 노래들에서 흔히 그러하듯,『서정시』I 32를 진지한 간청과 소원의 노래로 이해한다면, 프랭켈에게 '나는 간청한다'로 읽는 선택을 망설일 이유는 없어 보였다.

12『서정시』II 13, 27~28행 "황금 뤼라보다 풍성한 소리로 험한 바다를, 망명과 전쟁의 고단함을 노래하는, 알카이오스여, 당신을", 또 "파도에 젖은 배"와 관련하여 호라티우스가 알카이오스의 유명한 비유를 원용하여 노래한

『서정시』 I 14, 3~10행을 보라. "너는 보지 못하는가? 노가 있던 옆구리는 비었고 돛대는 사나운 폭풍에 부러지고 활대는 신음하고, 끝도 없이 야단스러운 바다를 배가 이기지 못할 지경인 것을? 이제 네 돛에는 성한 곳이 없고 괴로운 네가 부를 신들도 없다."

13 이와 반대되는 견해도 있다. 에우리피데스 『메데이아』, 190행 이하, "옛사람들을 어리석고 현명하지 않다고 말한다 해도 이는 틀린 말이 아니다. 왜냐하면, 이들은 축제의 찬가들이나, 술자리에서 그리고 저녁 식사에서 삶을 즐겁게 할 노래들을 찾아냈으나, 누구도 인간들의 쓰라린 슬픔을 멈추게 할 음악과 현이 많은 뤼라의 노래를 찾지 못했으니. 슬픔은 죽음, 끔찍한 운명으로 집안을 파멸시킨다."

14 헤시오도스, 『신들의 계보』, 81행 이하 "제우스께서 돌보시는 왕들 가운데 누구든 위대한 제우스의 따님들이 명예를 높여주시고 그가 태어날 때 눈길을 주시면, 그분들은 그의 혀 위에 감미로운 이슬을 떨어뜨리시고, 그러면 그의 입에서는 달콤한 말들이 흘러나온다. 그러면 그가 곧은 판결들로 시비를 가릴 때 만백성이 그를 우러러본다. 그는 동요함이 없이 말하고 큰 분쟁도 능숙하게 금세 해결한다."

15 헤시오도스, 『신들의 계보』 98행 이하 "누군가가 최근에 불상사를 당하여 그 슬픔에 마음이 시들어간다 하더라도 무사 여신들의 시종인 가인이 옛사람들의 영광스런 행적과 올륌포스에 사시는 축복받은 신들을 찬양하게 되면 그는 금세 슬픔을 잊고 더이상 자신의 불상사를 생각지 않기 때문이다. 여신들의 선물들 금세 그의 마음을 다른 곳으로 돌려놓았던 것이다."

16 호라티우스는 『서정시』 I 26, 6행 "**외딴곳 옹달샘**에 기뻐하는 여신이여"라고 무사 여신들을 부른다. 또 박쿠스에 관해 『서정시』 II 19, 1행 이하에서 "나는 **멀리 깊은 산에서** 박쿠스가 노래를 가르치는 걸 보았다"라고 썼다. 헤시오도스, 『신들의 계보』 1행 이하 "그분들은 크고 신성한 헬리콘산을 차지하시고는 검푸른 샘과 크로노스의 강력하신 아드님의 제단 주위에서 사뿐사뿐 춤추신다. 그리고 그분들은 페르멧소스 또는 말의 샘 또는 신성한 올메이오스에서 고운 살갗을 씻고 나서 **헬리콘 꼭대기에서 아름답고 사랑스러운 원무를 추신다.**"

17 키슬링–하인제(1917, 156쪽) 등의 일반적 해석에 따르면, 호라티우스는 그의 노래가 가지는 예술적 가치가 여타의 아류들이 요구하지 못할 수준에 이르렀기에 그것이 영원한 시간을 누릴 것이라고 자부한다고도 볼 수 있다. 『서정시』 III 30, 1행 "청동보다 영원할 위업을 나는 이루었노라."

18 '클레오파트라가 마침내 패전하고 자살함으로써 끔찍했던 시간이 지나갔다. 따라서 이젠 마셔야 한다.' 이것이 『서정시』 I 37이고 마지막 서정시(I 38)가 클레오파트라의 노래 직후에 배치된 것은 어쩌면 시인이 어떤 상황에서 하인에게 술잔치를 준비하라고 지시한 것인지를 알려주려는 것일 수도 있다. 하지만 마지막 시에서 클레오파트라의 노래가 가진 흥분을 추측할 만한 어떤 단서도 발견되지 않는다. 또 마지막 술잔치의 모습은 차분하기까지 하다. 이 시가 클레오파트라의 노래와의 무슨 연관 아래 이렇게 배치된 것이라면, 그것은 다만 시인이 그런 세상사에 대해 거리를 두고 있음을 극명하게 드러내기 위함일 것이다.

19 프랭켈(1957), 297쪽 이하는 이 시가 상징적으로 시인이 서정시에 대해 평소 가지고 있던 예술 이념을 표현하고 있다고 생각했다. 그렇게 해석하지 않는다면 단순함과 소박함이 이렇게까지 극명하게 표현된 것을, 그리고 시의 위치가 가진 특이성을 설명하기 어렵다고 보았다.

20 리처드슨Richardson(1942), 130쪽 "호라티우스와 그의 소년이 펼치는 대립 *the antithesis throughout of Horace and his boy*."

21 우리는 문자 그대로 "싫다"라고 번역했지만, 『서정시』 III 1, 1행 "*odi*"와 마찬가지로 "멀리한다"를 의미한다.

22 『서정시』 II 3은 술자리가 펼쳐지는데 절제와 중용의 덕을 권고한다. "힘겨운 일에도 평상심을 굳게 지키고, 감당치 못할 즐거움은 좋다만 하지 말고 마음을 다스려 절제하라. 필멸의 델리우스! 종일을 슬픔을 살아갈 때거나, 멀리 풀밭에 누워 축제의 날을 보내며, 표를 달아 안에 넣어둔 팔레르눔을 가져다 즐길 때라도. 거기 큰 소나무와 하얀 포풀루스는 나뭇가지를 합해 손님 맞을 그늘을 드리우고 굽이쳐 흘러가는 맑은 강물은 도망치듯 길을 재촉한다. 이리로 포도주와 향유, 금방 시드는 아름다운 장미를 가져오라 명하라." 인용의 마지막에 시인은 "장미"를 가져오라 하인에게 명하는데, 이는 '우리에게

얼마 남지 않은 청춘'을 상징적으로 말하기 위한 장치일 뿐이다.

23 골드[Gold](1993), 22쪽, "장미는 우리 욕망의 허망한 대상을 상징한다. 우리가 어리석게도 쫓는 대상은 결국 우리를 실망시킬 뿐이고 결코 충족되지 않는다. '늦은 장미'는 존재하지 않는다. 도저히 닿을 수 없기에 그것은 궁극적인 사치다. 그것은우리가 닿을 수 없는 미래이며, 이 시인에게 제일 중요한 것인바 시도조차 할 수 없는 미래를 나타낸다."

24 니스벳-허버드[Nisbet-Hubbard](1970), 426쪽, "도금양과 장미를 엮는 일은 필요 이상의 지나친 과업일 것이다. 이 점은 접두사 ad-가 말해준다."

25 보이트[Voit](1975), 425쪽, "호라티우스는 작은 것으로 만족함을 알고 있었다(*contentus parvo*, 『대화』 II 2, 110). 대단한 양은 아니지만, 사비눔 농지가 그에게 모든 것을 풍부하게 제공한다. 마치 한때 황금시대를 살았던 사람들에게처럼 말이다. 다만 전제되는 것은 인간이 바른 절제를 가지고 있고, 바른 정신을 가지고 있고, 행복 가운데 무절제한 방자한 즐거움에서 멀리 떨어져 올바른 균형을 유지한다는 것이다."

26 이런 금지는 다른 술잔치의 노래들에서 시인이 하인들에게 내리는 지침과 상당히 배치되는 것처럼 보인다. 『서정시』 I 36, 15~16행 "성대한 잔치에 장미꽃이 빠질쏘냐. 사철 푸른 송악과 쉬이 지는 백합을 올려라!" 『서정시』 I 37, 2~4행 "이젠 살리움 사제들처럼 음식을 마련하여 풍성하게 제단을 꾸밀 때가 되었다." 『서정시』 II 7, 22~26행 "커다란 조개에서 기름을 채워라. 어느 아이가 촉촉한 담쟁이 잎과 도금양을 엮어 화관을 만들기로 하였는가? 베누스는 누구를 주연의 판관으로 선포하였는가?" 『서정시』 III 19, 21~22행 "나는 쩨쩨하고 인색한 손을 멀리하노니, 장미를 뿌려라." 하지만 이런 과도함은 술잔치의 노래를 부르게 된 계기, 예를 들어 친구의 귀향에 시인에게 준 넘치는 기쁨을 표현하는 방법으로 보인다.

27 달만[Dahlmann](1964), 48쪽, "훌륭한 맛의 단순함을 그가 택한 삶의 방식이라고 말하는 것, 이것이 이 단순한 시의 목적이다."

28 웨스트[West](1995), 192쪽 이하.

29 에피쿠로스, *GV* LXXVIII, "τὸ δ' ἀθάνατον"

2장

1 단편 570 Usener(= 디오게네스 라에르티오스, X 120), "σοφὸς φιλαγρήσει" 키케로는 『로스키우스 변호 연설』 XVII 48(김남우 외, 2015, 36쪽)에서 "시골의 삶을 가장 고귀하고 즐거운 삶"으로 여기는 로마의 전통을 이야기한다. 키케로는 심판인들에게 이런 전통이 로마를 강력하고 대단한 나라로 이끌었다는 사실을 상기시키는데, 시골의 삶을 가장 고귀하고 즐거운 삶으로 여기는 사람의 도덕성을 강조한다. XVII 50 이하 "우리 조상들은 아틸리우스와 같은 사람들에 관해 당신과 매우 다르게 생각했으며, 그 결과 미약하고 보잘것없는 국가 대신 아주 크고 번영한 국가를 우리에게 남겼습니다. 그들은 자기 토지를 열심히 돌보았을 뿐, 남의 토지에 탐욕을 부리지 않았으며, 이렇게 함으로써 국가에 영토와 도시와 이민족을 더하고 로마 인민의 권력과 명성을 드높였습니다."

2 『풍자시』 I 1, 108행 "*avaritia*."

3 『풍자시』 II 6, 18행 "*ambitio misera*."

4 『풍자시』 II 6, 33행 "*negotia centum*."

5 『비방시』 XVI 16행 "*mali labores*."

6 호라티우스가 농촌 삶을 행복이라고 선언했을 때, 그것이 변덕스러운 도시민의 일시적 흥분과 열광이 아닐까 하는 의심을 지울 수 없을지도 모른다. 이런 의심을 실제로 시인의 시종인 다부스가 언급한 바 있다. 『풍자시』 II 7, 28~32행 "로마에선 시골을 희망하고 시골에선 멀리 수도를 별처럼 드높이는 경박함. 우연히 아무에게도 만찬에 초대가 없으면 근심 없는 야채를 칭송하고, 마치 언젠 어쩔 수 없이 간 것처럼, 당신은 억지로 마시지 않는 당신의 행복을 노래하고 사랑하죠." 『서간시』 I 7, 46~95행에 언급된 필립푸스와 볼테이우스 메나의 이야기에서, 도시를 떠나 시골 살이를 칭송하던 사람이 양들을 도둑맞고 가축들이 질병으로 사망하며 곡식들이 시들자, 다시 원래의 도시 생활을 애원한다.

7 노든[Norden](1998), 57쪽 이하.

8 앞서 언급한 대로 말년에 만들어진 『서간시』 II와 『시학』과 『서정시』 IV는 이런 연속성의 예외다. 『서간시』 II와 『시학』는 행복론이 아닌 문학론을 다루고

있다. 『서정시』 IV는 아우구스투스 칭송에 관심을 크게 두었다.

9 이런 의미에서 아우구스투스와 호라티우스가 건강한 로마의 회복이라는 같은 목표를 놓고 서로 개별적으로 노력했으며, 서로 유사해 보일 수 있다. 키슬링–하인제(1968), 263쪽 "하지만 아우구스투스가 호라티우스로부터 배운 것도 아니며, 호라티우스가 아우구스투스의 예를 들어 나팔수였던 것도 아니다. 시인과 최고 권력자는 동일한 이상에 봉사하고 있으며, 그 실현을 통해 당시의 최고 인물들은 로마의 안녕을 추구하고 있다."

10 아문센[Amundsen](1972), 111쪽 이하는 몸젠의 1889년 강연을 인용하여, 로마 송가가 기원전 27년의 시점에 만들어졌다는 몸젠의 의견을 전달한다. 키슬링–하인제(1968), 263쪽 이하는 특히 "*carmina non prius audita*"에서 복수[*carmina*]를 사용했다는 점에 주목하여 연작임을 추론하고, 같은 시기에 만들어졌다는 의견에는 유보적이며, 『서정시』 제1권 출판 시점에 연작으로 묶였다는 의견이다. 하지만 슐츠[Schulze](2001), 383쪽 이하는 "*carmina*"가 한 편의 시를 구성하는 여러 시행 묶음을 가리킬 수도 있다고 본다.

11 프랭켈(1957), 260쪽 "*products of a subtle propaganda*", 288쪽 "*the great patriotic cycle.*" 로마 송가를 기원전 27년 옥타비아누스가 아우구스투스라는 칭호를 받은 사건, 사원과 신전의 재건축이라는 공공사업을 시작한 28년 사건을 기준으로 창작 연대를 추정할 수 있고, 로마 송가를 분석할 때 중심은 아우구스투스다.

12 키슬링–하인제(1968), 265쪽.

13 『서정시』 II 16, 19행.

14 많은 학자들이 첫번째 로마 송가가 애초 독립적인 것으로 만들어졌다가, 로마 송가 전체의 도입부인 1~4행 혹은 1~8행을 나중에 덧붙여, 하나의 연작이 되었다고 생각했다. 첫번째 송가는, 젊은이들을 가르치려는 공적 성격의 나머지 다섯 송가와 달리, 시인 개인을 강하게 드러내는 이질성을 보여주기 때문이다. 하지만 프랭클(1957)은 F. 졸름젠[Solmsen](1947)의 견해에 따라, 로마 송가 전체가 애초 연작으로 기획되었으며, 첫번째 송가의 이질성은 로마의 도덕적 회복의 과정이 시인 개인이 행복한 삶에 이르기 위해 걸었던 길과 일치하기 때문이라고 설명했다. 슐츠(2001), 383쪽은 첫번째 송가의 1~4

행이 첫번째 송가의 종결부와 짝을 이루는 이런 앞뒤 연결 구조는 첫번째 로마 송가 전체의 완결성을 증명하며, 그래서 또 1~4행은 연작의 도입부라는 이중성을 가진다고 주장한다.

15 신디쿠스Syndikus (1973), 4쪽. '훌륭한 시인'의 이념에 비추어 시인의 역할을 가장 잘 보여주는 것이 로마 송가다.

16 신디쿠스(1973), 25쪽. 『서정시』 I 12, 43행 이하, "혹독한 가난과 조상에게 물려받은 작은 집과 땅이 단련시켰습니다."

17 『서정시』 I 2, 23행 이하, "선대의 죄로 벌어진 전쟁, 전쟁 함성을 몇 안 되는 후손이 듣겠다." 로우리Lowrie (2007). 84쪽 이하 "조국을 위한 죽음은 달콤한 자랑이라는 유명한 구절은 경구로 쉽게 인용된다. 하지만 이 경구를 둘러싼 슬픈 후회의 문맥은 분명한 애국주의를 누그러뜨린다."

18 프랭켈(1957), 269쪽 "여기서 우리가 잊지 말아야 하는 것은 정의롭고 용맹한 사내의 강인함은 호라티우스에게 중요하고 고귀한 무엇이며, 그가 칭송해마지 않는 것이라는 점이다."

19 키슬링 – 하인제(1968), 282쪽.

20 예를 들어 『일리아스』 제2권 12행 등.

21 프랭켈(1957), 270쪽 "탐욕에 대한 유노 여신의 경고*her(Juno's) warning against greed*."

22 『서정시』 III 24, 48행 이하 "혹은 가까운 바다에 진주와 귀한 보석에 보태어 무익한 황금, 악업을 부추기는 물건을 던져버리자, 진정으로 죄를 후회한다면."

23 키슬링-하인제(1917), 290쪽 이하 "자비*clementia*", 프랭켈(1957), 281쪽 이하 "친절한 고요φιλόφρων ἡσυχία", 렉포드Reckford (1959), 197쪽 "친절함과 자비*humanity and clemency*", 신디쿠스(1972), 63쪽 "부드러운 조언*milder Rat*", 웨스트West (2002), 44쪽 "부드러운 조언*gentle counsel*", 니스벳-루드Nisbet – Rudd (2004), 69쪽 "부드러움과 용서*mildness and forgiveness*", 귄터Günther (2013), 393쪽 "부드러운 조언*gentle advice*".

24 키슬링-하인제(1968), 291쪽.

25 프랭켈(1957), 282쪽. 신디쿠스(1973), 63쪽.

26 프랭켈(1957), 274쪽 이하. 연구자들은 호라티우스의 개인사와 아우구스투스의 회복이라는 전후의 이분 구조를 어떻게 연결할 것인가에 의문을 가졌다.

27 프랭켈(1957), 277쪽 이하에서 로마 송가 IV를 핀다로스의 『퓌티아』 1번과 비교한다. 핀다로스에 따르면 무사 여신들은 잠과 회복의 능력이 있다. 핀다로스 『퓌티아』 1번, 1~12행 "황금의 뤼라, 아폴론과 검은 머리의 무사 여신들의 합당한 몫이여, 당신에게 축제의 시작인 합창대의 발걸음이 귀기울이며 합창대의 가수들도 당신의 신호에 복종합니다. 당신이 울리는 현으로 합창대를 이끄는 서곡을 노래하기 시작할 때면 영원한 불꽃인 끝이 뾰쪽한 번개를 끌 수도 있습니다. 독수리는 제우스의 홀 위에서 양쪽으로 빠른 날개를 내리고 잠이 듭니다. 새들의 왕인 독수리가. 눈꺼풀의 달콤한 자물쇠인 당신은 독수리의 굽은 머리에 짙은 구름을 쏟아붓습니다. 그는 잠자며 당신이 던지는 음악에 사로잡혀 등을 유연하게 흔들고 있습니다. 폭력을 행사하는 아레스도 사나운 창끝을 버려두고 깊은 잠으로 마음을 달랩니다. 레토의 아들과 옷 주름 깊은 무사 여신들의 솜씨와 더불어 당신의 화살은 신들의 마음도 사로잡습니다."

28 여기서 우리는 '*lene*'를 명사로 보고자 하며, 이어지는 '지혜*consilium*'를 수식하는 형용사가 아니라 동격의 명사로 해석하고자 한다. 동격의 명사로 해석하는 경우, '소박함이라는 지혜'로 번역할 수 있다. 명사를 수식하는 형용사를 명사적으로 해석하는 사례를 '로마의 건설*ab urbe condita*'과 '형상들의 변화*de mutatis formis*' 등을 언급할 수 있다.

29 프랭켈(1957), 272쪽.

30 프랭켈(1957), 273쪽.

31 호라티우스의 『비방시』 XVI과 VII 등은 비관적 세계관을 드러내는 초기 저작들이며, 여섯번째 로마 송가는 염세주의적 세계관을 토대로 한다. 프랭켈(1957), 287쪽 이하는 이런 염세주의적 세계관이 초기 서정시가 출간된 기원전 23년의 역사적 정치적 상황을 반영하는 것이 아니라 앞서 비방시들을 발표할 때의 상황을 반영하는 것이라고 설명하는 한편, 또 이런 종류의 시에서는 낙관적인 것보다는 비관적인 것이 효과적이라고 시인이 생각했을 것이

라고 주장한다. 하지만 우리는 이런 비관적이고 염세적인 세계관을 가질 수 밖에 없었던 호라티우스의 상황에서 농촌 삶이 주는 행복의 의미를 강조하기 위해, 과거 비방시의 암울한 정조를 빌려왔다고 본다.

32 뷔히너[Büchner](1939), 159쪽, "땅과 전쟁을 벌이며 힘겨운 삶을 살아가는 로마의 농부들은, 베르길리우스가 그의 『농경시』에서 그 노역은 물론 그 행복을 함께 묘사하였던 것처럼, 순조롭게 이어진 노동을 넘어 자족과 절제 가운데 행복을 누렸다."

33 평화의 칭송이 아우구스투스 정치의 조건 없는 찬동으로 해석되어서는 안 된다. 『서정시』 I 12를 두고 카우스는 말했다. 카우스[Kaus](1997), 224쪽, "원수정에 대한 시인의 의식적 신봉[*ein bewusstes Bekenntnis des Dichters zum Prinzipat*]." 하지만 『서정시』 I 12에서 중심이 되는 시행은 "위대한 카이사르를 돌보시고 카이사르에게 호의를 베푸사 당신 치세를 이어가소서"(50~52행)인데, 여기서 시인이 말하고자 하는 것은 아우구스투스 치세의 칭송이라기보다 아우구스투스가 따라야 할 유피테르의 명령이다. "당신의 바른 시종은 기쁜 세상을 만들 겁니다"(57행)는 시인이 아우구스투스에게 거는 기대를 의미한다.

34 포이스[Poiss](1992), 153쪽, "무사 여신들의 일은 어떤 특별한 영역이 아니라, 그것 자체가 다시 정치적인 것이다. 그가 느낀 첫번째 삶의 충동은 필리피 들판에서 사라졌다. 호라티우스의 작품은, 특히 초기 서정시 모음집은 그의 덕을 실현하려는 그 두번째 충동으로, 먼젓번과 다르지 않은 공명심으로 읽을 수 있다. 물론 이는 이때 통치 권력과의 평화 가운데, 다시 말해 이제 막 굳건해지는 원수정과의 평화 가운데 이루어졌다."

35 오유석(1998), 36쪽.

36 이하에서 언급되는 직업들은 프랭켈(1957), 231쪽 이하가 언급한바, 마에케나스 헌정시(『서정시』 I 1)의 "다양한 여러 가지 다른 삶의 검토"를 떠오르게 한다. 여기서 호라티우스는 올림피아 경기의 승리자, 로마 최고의 정무관, 막대한 재산을 가진 대지주와 상인 혹은 정복 전쟁의 군인 등을 차례로 언급했다. 대지주와 상인에 대조적으로 농부가, 정복 전쟁의 군인에 사냥꾼이 대비된다.

37 뷔히너(1957), 177쪽 이하.

38 에피쿠로스, *ad Herod*. 83, "πρὸς γαληνισμόν."

39 코겔샤츠[Kogelschatz](1975), 60쪽, "더 많은 것을 얻으려는 추구 속에서 인간은 엄밀한 의미에서 결코 여기에 있는 것이 아니라, 언제나 훗날과 먼 곳에 머문다. 언제나 자신을 벗어나 다소간 멀리 떨어진 장소에 머문다." 61쪽, "재산가는 엄밀하게 말하자면 결코 지금을 사는 것이 아니라. 그는 재산 확장을 위한 가능성의 영역인바 미래에 살고 있는 것이다."

40 리베르만[Liebermann](1971), 300쪽, "탐욕과 불안은 결과적으로 더없이 큰 위험에 노출된 삶에 이른다. 재산의 증식은 평온을 보장하지 않으며, 오히려 평온을 도달할 수 없이 먼 곳으로 밀어낸다."

41 푀슐[Pöschl](1956=1991), 128쪽 이하는 21행 "악습에 찌든 근심[*vitiosa Cura*]"을 '악인의 근심[*cura vitiosi*]'이나 '악인들의 근심[*cura vitiosorum*]'으로 해석한다.

42 이와 똑같은 생각이 『서정시』 III 1, 그러니까 첫번째 로마 송가의 37행 이하에도 반복된다. "공포와 불안은 집주인이 있는 그곳에서 일어서며 검은 번민은 청동 전함에서 내리지 않고, 말 탄 등 뒤에 올라앉는다[*sed Timor et Minae scandunt eodem quo dominus; neque decedit aerata triremi et post equitem sedet atra Cura*]."

43 라테[Latte](1935), 298쪽, "자신마저 떠나다[*se quoque fugit*]라는 구절에서 호라티우스는 인간의 내면적인 태도로 다시 돌아간다."

44 프랭켈(1957), 212쪽 이하를 보면, 호라티우스는 '*otium*'을 행복한 삶과 나라를 망가뜨리는 부정적 의미로 보는 카툴루스와 달리, '*otium*'을 칭송한다. '*otium*'의 긍정적 의미가 로마에서 나타난 것은 공화정 후기로 보인다. 스퇴클린[Stoecklein](1982), 201쪽 이하에서 언급된 것처럼, 정치적 격변의 시대에 철학적 관조적 삶을, 학문적 철학적 문제에 몰두하는 삶을 이상적 삶의 원형이 되는 '*otium*'으로 보는 경향이 나타났다. 키케로는 '*otium*'을, 공적인 의무를 완수한 자에게 주어진 여가와 평온으로 보았다. 『세스티우스 변호연설[*Pro Sestio*]』 98, "위엄을 갖춘 여가, 이것은 더없이 탁월한 것으로, 모든 건전하고 훌륭하고 행복한 사람들이 무엇보다 바라마지 않는 것이다. 이를 원하는 사람들은 모두 최고 귀족으로 여겨지며, 이를 실행하는 사람들은 모두 최고 인사이자 국가의 수호자들이라고 생각된다."

45 『서정시』 I 1, 15행 이하를 보라. "이카루스 바다와 씨름하는 험한 서풍이 두

려워 고향의 여가와 흙의 삶을 추켜세우던 장사꾼은 곧 파손된 배를 고쳐 가난을 참지 못하고 다시 길을 나선다*luctantem Icariis fluctibus Africum mercator metuens otium et oppidi laudat rura sui; mox reficit ratis quassas, indocilis pauperiem pati*."

46 코겔샤츠(1975), 63쪽, "궁극적인 삶의 방식인 저기와 그때를 통해 인간은 직접적인 현재에 도달하지 못한다. 부유한 자들은, 그리고 물론 계속해서 덧붙여져야 하겠지만, 채우려는 욕망에 사로잡힌 끝없는 추구라는 행동방식을 대표자로서 결코 순간에 머물지 못한다."

47 니스벳-허버드(1970), 262쪽 이하. 하지만 옥스퍼드 주석가들은 첫 시행의 엄숙한 분위기에도 불구하고 시를 전체적으로 사랑의 시로 본다. 263쪽 이하 "여기서 넌지시 언급되는 시 유형은 사랑의 시이지, 굉장히 엄숙하고 진지한 유형은 아니다."

48 프랭켈(1957), 187쪽, "서정시 '죄는 티끌만큼도 없는 삶*integer vitae*'에서 어디를 가든지 안전할 사람은 사랑의 시를 쓰는 사랑에 빠진 시인이다. 다른 곳에서도 호라티우스는 이런 생각을 확장하고 심화한다. 사랑의 시를 쓰는 시인뿐만 아니라, 시인들은 모든 곳에서 그 어떤 위험이 닥치더라도 그를 지키는 수호자들, 무사 여신들과 신들 일반의 호위를 받을 것이다." 신디쿠스(1972), 도블호퍼Doblhofer(1977), 르페브르Lefèvre(1977), 웨스트(1995)도 이런 견해를 따른다. 슈미트Schmidt(1997), 97쪽 이하도 첫 행을 사랑의 영역에서 드러나는 도덕적 품행으로 해석하며, 사랑에 충실한 사람은 신의 보호를 받는다는 카툴루스의 생각을 증거로 제시한다.

49 『서간시』 I 14, 18~21행을 보라. "당신과 내가 다른 것은 그 때문입니다. 당신이 버려진 외진 곳이라고 손님에게 친절하지 않은 구석진 곳이라고 믿는 곳을 나와 생각을 같이하는 이는 아름다운 곳이라고 부르고, 당신이 아름답다고 생각하는 곳을 멀리합니다*eo disconvenit inter meque et te. nam quae deserta et inhospita tesqua credis, amoena vocat mecum qui sentit, et odit quae tu pulchra putas*."

50 예를 들어 줌발트Zumwalt(1975), 419쪽 이하는 "*scelus*"를 "항복이라는 불명예*the dishonour of surrender*"라고 군사적 정치적으로 해석하기도 했다.

51 『비방시』 VII 18행, *scelus fraternae necis*.

52 『비방시』 VII 1행, *Quo, quo scelesti ruistis?*

53 『서정시』 I 2, 23행 이하, *vitio parentum*.

54 프랭켈(1957), 186쪽 각주 3번을 보라. 실제로 겨울이면 늑대가 농장 근처 숲에서 민가 근처까지 내려오기도 한다.

55 "*ultra terminum curis…… expeditis*"의 어순에 주목하라. 니스벳-허버드(1970), 269쪽 이하, 슈미트(1995), 98쪽 이하 등 "*ultra terminum vagor*"로 읽는 것이 일반적이다.

56 니스벳-허버드(1970), 268쪽을 보라. '랄라게'라는 이름은 아마도 그리스어 'λαλαγεῖν'에서 유래한 것으로 보인다. '수다 떨다'를 나타내는 그리스어다. 이런 맥락에서 '랄라게'라는 이름은 어느 여자의 이름이 아니라 다만 유쾌함과 생명력이 넘치는 삶의 정서를 가리킨다고 할 수 있다.

3장

1 단테, 『신곡』, 지옥편 4. 88(최민순 옮김, 을유문화사, 1987)

2 호라티우스는 루킬리우스의 모범에 따라 문학비평을 '*satura*' 소재로 채택했고 덕분에 우리는 호라티우스가 의식했던 '*satura*' 창작 원리를 알 수 있는바, 이는 다시 호라티우스가 언급한 바대로 멀리 아리스토파네스의 구희극 전통에 속한다. 페리스-힐[Ferriss-Hill](2015), 195쪽 이하.

3 호라티우스, 『대화』 I 10, 6행 "*pulchra poemata*". 3~5행 "물론 그는, 대단한 해학으로 수도를 세게 문질렀지만, 같은 책으로 칭송도 받았다"에서 '수도를 세게 문질렀다'는 것은 그 비판의 강도를 암시하는 것으로 일부의 사람들은 이를 칭송했지만, 호라티우스는 이를 "훌륭한 시", 다시 말해 훌륭한 풍자시라고 생각하지 않았다.

4 호라티우스, 『대화』 I 10, 8행 "*quaedam…… virtus*."

5 『대화』 II 1은 당대의 저명한 법률가 가이우스 트레바티우스 테스타(대략 기원전 84~4년)에게 법률 자문을 구하는 가상의 대화로 구성되어 있다.

6 워밍턴[Warmington](1956), 382쪽 이하. 오늘날 남은 그의 '*satura*' 단편은 고작 31행에 불과하다. 엔니우스[Ennius], *Saturae* III 6~7 "시인 엔니우스여, 안녕하십니까? 인간들에게 가슴 속 깊이 불타는 시행들의 축배를 들었던 이여[*Enni poeta salve, qui mortalibus versus propinas flammeos medullitus*]!"

7 호라티우스는 루킬리우스 풍자시가 따르는 구희극의 특징으로 자유로운 비판을 들고 있다. "높은 자들을 거리낌 없이 과히 자유롭게 지적하였다. 이점에 있어 루킬리우스도 마찬가지다*multa cum libertate notabant. hinc omnis pendet Lucilius*."(『대화』 I 4, 5행).

8 호라티우스, 『대화』 I 1~3을 보라.

9 Diomedes, *Ars Grammatica* 1, 485(Keil).

10 천병희 옮김, 『아리스토파네스 희극 전집』, 숲, 2010. 류재국, 『아리스토파네스 희극에 나타난 현실비판의 철학적 의미에 관한 연구 : 아곤과 파라바시스를 중심으로』, 중앙대학교 학위논문, 2018.

11 키슬링-하인제(1957), 339쪽. 프랭켈(1957), 128쪽 이하. 브링크Brink(1963), 157쪽. 브링크(1971), 316쪽.

12 *AP* 1448b36. 아리스토텔레스는 희극이 "인신공격ψόγος"을 벗어났다고 주장한다. 아리스토텔레스는 그리스 풍자 문학ψόγος의 대상을 인간의 "추함*aischron*" (1449a34) 혹은 "비열한 자의 행동"(1448b25)이라고 하며 이런 대상을 다룬 예로 파로디아*parodia*(1448a12), 얌보스*iambos*(1448b30), 희극*comoedia*(1448b36)을 거론한다. 여기서 아리스토텔레스는 호메로스 이래로 희극의 대상이 "추함" 가운데 해롭지 않은 것, 다시 말해 "우스꽝스러운 것*geloion*"으로 한정되었다고 말한다. 아리스토텔레스의 희극은 "우리만 못한 인간"(1448a17), "못났지만 전적으로 악하다고 할 수 없는 인간"(1449a32), "남에게 고통이나 해를 끼치지 않는 일종의 실수 또는 기형"(1449a34)을 가진 인간을 대상으로 한다. 이런 아리스토텔레스의 생각은 아리스토파네스의 희극에 부합하지 않는다.

13 헤라클레이토스 단편 DK22B42(=18정암) "호메로스는 경연에서 두들겨 맞고 쫓겨났어야 했다. 그리고 아르킬로코스도 마찬가지다." 헤라클레이토스는 호메로스와 아르킬로코스가 지혜로운 자로 추앙받는 것은 옳지 않다고 생각하였다. 두 시인의 경연이 존재했었다는 증거로 볼 수 있다.

14 호라티우스, 『시학』, 79행 "분노한 아르킬로코스는 그의 얌보스를 무기로 들었고*Archilochum proprio rabies armavit iambo*." 하지만 다른 의견도 있다. W. 예거W. Jaeger(1954), 160쪽 이하 "이오니아 아이올리아 문학에서 개인의 자기 형

성*Die Selbstformung des Individuums in der ionisch-äolischen Dichtung*"을 보라. 예거는 아르킬로코스의 분노와 증오가 개인적 감정이 아니라 대중적 비판적 여론을 대변하고 있을지도 모른다고 본다.

15 호라티우스, 『서정시』 I 16, 2행 "*criminosi iambi*."

16 핀다로스, 『퀴티아 찬가』 2번, 55행.

17 호라티우스, 『서간시』 I 19, 23행 이하 "저는 최초로 파로스 섬의 얌보스를 라티움에 선보였습니다. 운율과 정신은 아르킬로코스를 따랐지만 사안과 뤼캄베스를 탄핵하는 언어는 그러지 않았습니다*Parios ego primus iambos ostendi Latio, numeros animosque secutus Archilochi, non res et agentia verba Lycamben*."

18 Diomedes, *Ars Grammatica* 1, 485(Keil). 기원후 4세기의 디오메데스도 퀸틸리아누스를 따라 루킬리우스의 '*satira*' 전통을 호라티우스와 페르시우스로 정리하면서 이와 다른 "과거*olim*" 전통으로 파쿠비우스(기원전 220~130년)와 엔니우스(기원전 239~169년)를 덧붙인다. 그는 이들의 '*satura*'가 "다양한 작은 시편들로 구성된 시"라고 설명한다.

19 호라티우스, 『대화』 I 10, 48행. 『대화』 I 10, 65~66행 "루킬리우스가…… 그리스인들이 손대지 않은 문학의 서툰 원조*Lucilius…… rudis et Graecis intacti carminis auctor*." 또 『대화』 II 1, 62~63행 "첫번째로 과감하게 루킬리우스는 이런 창작 방식에 따라 가면을 벗고 시를 썼다*Lucilius ausus primus in hunc operis componere carmina morem detrahere et pellem*." 퀸틸리아누스도 호라티우스의 이런 평가를 그대로 수용한다. *Institutio oratoria*, X 1, 93 "사투라에서 최초로 루킬리우스가 돋보이는 명성에 도달했다*in qua(satura) primus insignem laudem adeptus Lucilius*."

20 루킬리우스는 30권의 풍자시를 지었고 현재 약 1300행의 단편이 남아 있다. 그의 풍자시는 내용적으로 다음과 같다. 코르넬리우스 렌툴루스 루푸스Cornelius Lentulus Lupus의 죽음을 결정하는 신들의 회의(1권), T. 알부키우스Albucius와 Q. 마르쿠스 스카이볼라Mucius Scaevola가 벌인 법정 다툼의 희화(2권), 브룬디시움 여행(호라티우스 I 5)의 원형이 되는 시킬리아 기행*iter Siculum*(3권), 부유한 도시 생활의 사치 등 악덕들과 검투사 경기(4권), 문병 오지 않는 친구를 비난하는 편지와 식충이*Gallonius*를 대접하는 촌부(5권), 지

겹게 따라붙는 수다쟁이(호라티우스 I 9)에게 걸려든 스키피오 아이밀리아누스 Scipio Aemilianus, 정치 문제, 방탕한 귀족(6권), 악명 높은 창녀, 바람난 유부녀와 남편의 복수(7권, 8권), 로마 시내 산책, 시인 아키우스 Accius의 문학관과 철자법 비판(9권), 문학과 연설의 문체론(10권), 스키피오 등 여섯 명의 유명 동시대인들에 얽힌 일화(11권), 로마의 일상, 단순한 삶, 올바른 삶의 철학적 논의, 동방 속주의 사건(14권), 히스파니아 명마 조련, 미신 척결과 탐욕 치료 등 철학공부의 장점(15권), 『오뒷세이아』의 모방과 희화(17권), 호라티우스(II 8)과 페트로니우스(『트리말키오의 저녁 식사』)의 원형이 되는 벼락부자 그라니우스 Granius의 잔칫상(20권), 엘레기 이행시 형식으로 노래된 해방노예와 노예들 이야기(22~25권), 비극 작시법, 시인 파쿠비우스 Pacuvius 비판(26권), 사랑의 광기(27권)을 다룬다.

21 호라티우스, 『대화』 I 10, 14~17행 "웃음이 신랄함보다 강력하고 훌륭하게 큰일을 상당 부분 해결한다. 구희극을 썼던 사람들에게서 이점이 증명되며 이점에서 이들을 따라야 한다 *ridiculum acri fortius et melius magnas plerumque secat res. illi scripta quibus comoedia prisca viris est hoc stabant, hoc sunt imitandi*."

22 호라티우스가 언급한 인물 이외에도 많은 인물이 루킬리우스의 공격을 받았다. Mutius Scaevola, Titus Albutius, Torquatus, Marcus Carbo, Lucius Tubulus, Publius Gallonins, Caius Cassius, Lucius Cotta, Clodius Asellus, Quintus Opimius, Nomentanus, Caius Cecilius Index, Trebellius, Publius Pavus Tuditanus.

23 고워스 Gowers(2012), 313쪽 이하. 데키무스 라베리우스(기원전 106~43년)는 익살극의 저자로 음담패설의 즉흥극을 지었다. 라베리우스는 기사 신분이었음에도 카이사르의 명령에 따라 무대에 직접 오르는 수모를 당했고, 이에 무대에서 카이사르를 염두에 두고 과감한 발언을 했다. '전진하라 ,시민들이여! 우리는 자유를 잃었다 *Porro Quirites! libertas perdimus*.' '많은 사람이 두려워하는 자는 많은 사람을 무서워해야 한다 *necesse est multos timeat quem multi timent*.'

24 호라티우스, 『대화』 I 4, 65행 이하에서 "*Sulcius*"와 "*Calprius*"는 '무화과 sulcus'와 '염소 caper'를 가지고 만든 가짜 이름으로 '폭로자'와 '고발자'를 뜻

하며 남의 악행을 냄새를 맡고 다닌다[acer ambulat]. 이에 관해 고워스(2012), 169쪽 이하를 보라.

25 이에 관해 고워스(2012), 171쪽 이하를 보라. "*inanis*"의 번역어 '공허한 사람들'은 루크레티우스, 『사물의 본성에 관하여』, 72쪽을 보라.

26 호라티우스, 『대화』 I 4, 85행 "*niger*", 91행 "*nigeris*", 100행 "*nigrae sucus lolliginis*."

27 호라티우스, 『대화』 II 1, 75행 "*infra Lucili censum ingeniumque*."

28 크노흐[Knoche](1972), 196~219쪽. 루킬리우스가 정적의 정치적 힘이나 그 권력에 대하여 개의치 않고 솔직하게[liber] 발언할 수 있었던 것은 그가 정치적 신분상 정적과 마찬가지의 자유로운[liber] 사회적 지위를 가지고 있었기 때문이다. 코[Coffey](1976), 90쪽 이하.

29 수에토니우스[Suetonius], *vita Horatii*. 프랭켈(1957), 18쪽 이하.

30 호라티우스, 『시학』, 282행 이하. 브링크(1971), 316쪽 이하 참조. 그리스 쪽 자료에 따르면 구희극과 달리 중기 희극이나 신희극에서 합창대가 축소된 배경을 합창대에 가해진 법률적 제재 때문이라고 설명이 발견된다. 브링크는 이런 설명이 이미 헬레니즘 초기부터 발견되는 것으로 보이지만, 실제로 법적 제재 때문에 문학 형식이 달라졌다는 것은 인과적이지 않다고 주장한다.

31 호라티우스, 『서간시』 II 1, 152행 이하. 브링크(1971)는 로마 문법학자들, 특히 바로[Varro]에 의해 페스켄니아 비방시의 법적 제재가 주장되었는바, 이는 그리스 구희극의 설명 사례를 받아들인 것이라고 주장한다.

32 호라티우스, 『대화』 II 1, 82행 "어떤 사람이 어떤 사람에게 비방요를 쓴다면 합당한 근거와 온당한 이유가 있다[si mala condiderit in quem carmina, ius est iudiciumque]." 12표법의 제8표 1항 "비방요를 부르는 자는[Qui malum carmen incantassit]"을 최병조의 번역에 따라 '비방요誹謗謠'라고 하였다. 최병조(1995), 23쪽.

33 라플레르[Lafleur](1981) 1823쪽 이하. 라플레르는 술라[Sulla]가 출판물에 의한 인격모독[iniuria]에 추방 혹은 사형을 가할 수 있는 법률을 제정했음을 실제적 가능성의 증거로 제시한다. 하지만 실제 법정 사안은 존재하지 않는다. 하지

만 아우구스투스는 비방 문학이 개인뿐 아니라 국가 존엄을 해할 수 있다는 생각을 가졌으며, 실제로 이와 관련된 법률을 부활시키고 강화했다.

34 호라티우스, 『대화』 I 4, 11행, I 10, 50행. 『대화』 I 1, 60~61행 "하나 필요만큼 요구하는 사람은 결코 지저분한 흙탕에서 물을 긷지 않고 쓸려가지도 않습니다*at qui tantuli eget quanto est opus, is neque limo turbatam haurit aquam neque vitam amittit in undis*." 블링크(1963), 159쪽.

35 칼리마코스, 『아폴로 찬가』, 108행 이하.

36 호라티우스, 『시학』, 135행.

37 호라티우스, 『대화』 II 1, 41~42행.

38 호라티우스, 『대화』 I 4, 78행 "*laedere*", II 1, 21행 "*laedere*", 67행 "*laeso Metello*."

39 Cicero, *De oratore* II, 236~247, "*maxime quod tristitiam ac severitatem mitigat et relaxat odiosasque res saepe, quas argumentis dilui non facile est, ioco risuque dissolvit*."

40 Cicero, *De oratore* II, 236 이하, "*haec enim ridentur vel sola vel maxime, quae natant et designant turpitudinem aliquam non turpiter*."

41 호라티우스, 『대화』 II 1, 64~65행를 보라. 구희극의 가면을 벗김으로써 풍자시의 창작방식을 처음 만들어낸 루킬리우스는 그리하여 '속에 감추어진 추함*introsum turpis*'을 겉으로 드러냈다.

42 호라티우스, 『대화』 I 4, 40~48행 "나처럼 대화에 가까운 글을 쓰는 사람……분명한 운율이 대화와 다른 걸 제외하면 순수한 대화다*qui scribat, uti nos, sermoni propria……nisi quod pede certo differt sermoni, sermo merus*."

43 프랭켈(1957), 129쪽 이하. 프랭켈은 키케로, 『의무론』 I 136 이하의 구절을 호라티우스의 '대화*sermo*'와 연관시킨다. 대화에서 "제일 크게 걱정해야 할 것은 우리가 대화하고 있는 사람들을 정중하게 대하면서 존중하는 것이다. 때로 책망도 없지 아니 필연적이며, 그래서 어쩌면 강한 어조와 심각한 어휘를 사용해야 하며 심지어 때로 분노하여 그리하는 것처럼 보이도록 만들어야만 한다. 하지만 소작법과 절단법처럼 이런 방식의 비난을 드물게 또 어쩔 수 없을 때만 사용할 것이며, 다른 처방이 없어 이를 반드시 써야 할 경우가

아니면 절대 사용하지 않는다. 하지만 그럼에도 분노는 멀리 하라. 분노로는 어떤 것도 바르게, 어떤 것도 신중하게 행해질 수 없기 때문이다."

44 키슬링-하인제(1961), *Satiren*, 71쪽. 고워스(2012) 156쪽.

45 『대화』, I 10, 50행에서도 반복되는 비유다.

46 고워스(2012), 157쪽.

47 워밍턴(1967), 366~372행.

48 호라티우스, 『시학』 335행 이하.

49 『라틴-한글 사전』(가톨릭대학교 출판부, 1995), '*urbanus*' 항목 참조. Oxford Latin Dictionary(1982)는 '*urbanus*'를 'belonging to the city(esp. Rome), living or pursuing one's activities in the city, having the style of the city, elegant and sophisticated, free from uncouthness, polished, smart, witty' 등을 설명한다.

50 윈터보톰Winterbottom(1976), 59~60쪽.

51 호라티우스, 『대화』 I 10, 53행 "상냥한 루킬리우스*comis Lucilius*", I 4, 7행 "재치 있는*facetus*", II 1, 17행 "지혜로운 루킬리우스*sapiens Lucilius*".

52 키케로, De oratore II, 25 "박식하고 매우 고상한 사람*bomo doctus er perurbanus*".

53 프랭켈(1957), 147쪽. 라플레르(1981), 1812쪽.

54 라플레르(1981), 1814쪽 이하.

55 헌터Hunter(1985), 486쪽 이하. 어리석음에 해당하는 과오를 대상으로 하는 호라티우스의 풍자시는 신희극의 전통에 서게 된다.

56 호라티우스, 『대화』 I 1, 69~70행 "이름만 바꾸며 바로 당신 이야기입니다*mutato nomine de te fabula narratur*".

57 Cicero, Academici I 2, 8. 바로가 지은 메니푸스풍의 풍자시를 염두에 두고 하는 발언이다.

58 호라티우스, 『대화』 II 6, 73~74행. '우리와 훨씬 더 관련이 크고 모르면 안 좋을 걸'로 호라티우스가 예를 들고 있는 것은 도덕적 담론이었다. "둘 중에 하나 부가 사람을 행복하게 하는가 아님 덕인가? 이익 아니면 올곧음이 우릴 우정으로 이끄는가? 선의 본성은 무엇이며 선의 최고는 무엇인가?"

59 호라티우스, 『시학』, 333행 이하.

60 아리스토파네스, 「개구리」, 389행 이하 "그리고 우리가 온종일 무사히 놀고 춤추고 노래하게 해주소서! 그리고 우스갯소리도 많이 하고 진지한 말도 많이 하게 해주소서."

61 헌터(1985), 490쪽.

62 퀸틸리아누스, X 1, 93 이하.

63 킨Keane(2006), 107쪽 "페르시우스와 유베날리스의 풍자 문학은 이런 계획(풍자적 교육적 계획)을 계승한다. 그들은 호라티우스가 밝혀놓은 교육적 측면을 고려하며 이에 반응했다."

4장

1 설리번(1942), 277쪽 이하. 호라티우스의 풍자시와 비방시(기원전 35~30년)에 죽음의 신화적 표상들이 언급되지만, 초기 서정시와 비교하여 아주 드물다. 설리번 의 1942년 논문은 이 문제를 본격적으로 논의한 첫 사례가 아닌가 싶다.

2 루크레티우스, 제2권, 659행 이하.

3 도블호퍼(1992), 63쪽.

4 이종숙(2015), 189쪽.

5 플라톤, 『변명』, 40c. "μετοίκησις"가 *metempsychosis*를 대신하는 경우도 있지만, 단지 '저승으로 거처 이동'만을 가리키기도 한다. 『파이돈』, 117c "이승에서 저승으로 거처 이동τὴν μετοίκησις τὴν ἐνθένδε ἐκεῖσε."

6 『오이디푸스 왕』, 115행. 『일리아스』 9권 408행 이하 "사람의 목숨은 한번 이빨 울타리 밖으로 나가고 나면 약탈할 수도 구할 수도 없어 다시는 돌아오지 않는 법이오." 23권 75행 이하 "그대들이 나를 화장하고 나면 나는 다시는 하데스의 집에서 돌아오지 못할 테니까요." 『신들의 계보』 769행 이하 "그 앞에는 무시무시한 개가 파수를 보고 있다. 그것은 무자비하고 간계에 능하여 들어오는 자에게는 꼬리와 두 귀로 아양을 떨지만, 그들이 도로 나가는 것은 결코 허용치 않고 지키고 있다가 누구든 문밖으로 나오다가 잡히기만 하면 먹어치운다."

7 『일리아스』 23권 72행 "그림자 εἴδωλα", 100행 "연기 καπνός", 104행 "그림자 εἴδωλα", 『오뒷세이아』 11권 29행, 50행 "사자들의 힘없는 머리들", 83행, 207행, 214행, 602행 "환영 εἴδωλον" "그림자", 207행, 223행 "꿈 ὄνειρος", 24권 14행 "환영 εἴδωλον."

8 "죽지 않고"를 헤시오도스에 비추어 '영혼은 죽지 않고' 정도로 이해할 수 있다.

9 헤로도토스, 『역사』 II 123 "아이귑토스인들은 영혼불멸을 주장한 최초의 민족이기도 하다. 그들의 주장에 따르면 육신이 죽으면 영혼은 갓 태어난 다른 생물 속으로 들어가고, 육지 짐승들과 바다짐승들과 날짐승들을 두루 거친 뒤 다시 갓 태어난 어린아이의 몸속으로 들어가는 데, 한 번 순환하는 데 3000년이 걸린다는 것이다."

10 엠페도클레스의 단편 DK31B117(=163 정암) "나는 이미 한때 소년이었고 소녀였으며, 덤불이었고 새였고 바다에서 뛰어오르는 말 못하는 물고기였느니." DK31B127(=164 정암) "그들은 짐승들 가운데에서는 언덕에 은신하고 땅에서 자는 사자로 태어나고, 잎사귀 아름다운 나무들 가운데는 월계수로 태어나노라."

11 키케로, 『투스쿨룸 대화』 I 17, 39 이하.

12 플라톤, 『국가』 614 b 이하.

13 플라톤, 『티마이오스』 42b 이하. 박종현과 김영균의 번역을 대체로 따름.

14 Cicero, *Timaeus* XII 45 이하.

15 Cicero, *De Re Publica* VI 11.

16 Cicero, *De Re Publica* VI 13 "조국을 지키고 돕고 늘린 사람들 모두에게는 하늘의 분명한 장소가 정해져 있으며, 그곳에서 그들은 행복하게 영생을 누릴 것이다. 전 세계를 통치하는 통치자 신에게 지상에서 일어나는 일 가운데 더없이 기꺼운 것은 국가라고 사람들이 부르는 인간들의 정당하게 묶인 회합과 모임이다. 국가의 수호자들과 통치자들은 이곳에서 내려갔다가 다시 이곳으로 돌아온다 *omnibus, qui patriam conservaverint, adiuverint, auxerint, certum esse in caelo definitum locum, ubi beati aevo sempiterno fruantur; nihil est enim illi principi deo, qui omnem mundum regit, quod quidem in terris fiat, acceptius quam concilia coetusque*

hominum iure sociati, quae civitates appellantur; harum rectores et conservatores hinc profecti huc revertuntur."

17 DK31B147=166정암.

18 키케로, 『투스쿨룸 대화』 I, XXX 72 "반대로 자신을 정결하고 깨끗하게 지키며 육체적인 것과의 접촉을 최소로 유지하며 육체적인 것을 늘 멀리하며 인간의 육체 안에서일망정 신적인 삶을 흉내 낸 사람들에게는 그들이 원래 출발했던 곳으로 돌아가는 구환의 편안한 길이 열립니다."

19 루크레티우스 I, 62행 이하.

20 에피쿠로스, *KD* 2.

21 루크레티우스, III, 928행.

22 루크레티우스, III, 847행 이하.

23 루크레티우스, III, 445행 이하.

24 루크레티우스, III, 930행.

25 에피쿠로스, *ad Herod*. 65.

26 에피쿠로스, *ad Men*. 125 "하지만 많은 사람들은, 때로는 죽음을 가장 큰 악이라고 생각해서 두려워하고, 다른 때에는 죽임이 인생들의 악들을 중지시켜준다고 생각해서 죽음을 열망한다."

27 에피쿠로스, *KD* 2, *ad Men*. 124. 루크레티우스, III, 830행 이하. 『변명』 40c.

28 루크레티우스, III, 982행 이하 "그보다 오히려 현실에서 신들에 대한 공허한 두려움이 필멸의 인간들을 더 짓누르고, 그들은 각 사람에게 운수가 가져다 떨어뜨릴 것을 더 두려워한다*sed magis in vita divom metus urget inanis mortalis casumque timent quem cuique ferat fors*."

29 루크레티우스, III, 978행 이하.

30 루크레티우스, III, 1092행.

31 루크레티우스, V, 165행.

32 루크레티우스, III, 959행 이하(강대진 번역을 일부 수정함).

33 호라티우스, 『시학』, 156행 이하.

34 호프Hope(2009), 103쪽 이하.

35 『연대기』 단편 3 이하. 꿈속에 나타난 호메로스는 먼저 공작새로 환생했다가

이제 엔니우스로 태어났다는 이야기를 엔니우스에게 들려준다.

36 호프(2009), 105쪽 이하.

37 이태수(1993), 219쪽 "그 후손들은 선인들의 환생인 것으로 그려져 있다…… 이것 역시 베르길리우스가…… 오르페우스교의 영혼윤회 교리에서 차용해온 것인데…… 선인이 후손으로 다시 태어나는 것으로 강화시켜 수용하고 있다." 로마의 선조들은 로마인들로 환생하며, 그리스인들이 로마인으로 태어나는 일은 없다.

38 베르길리우스, 『아이네이스』 6권, 426행 이하.

39 에피쿠로스, GV 14.

40 니스벳-허버드(1970), 141쪽, 고대의 주석가 포르피리오스는 추수의 은유로 '*carpe*'를 설명한다.

41 에피쿠로스, *ad Men*. 126.

42 에피쿠로스, *GV* 31.

43 에피쿠로스, *ad Men*. 127.

44 에피쿠로스, *GV* 81.

45 에피쿠로스, *KD* 14.

46 호라티우스, 『서간시』 I 2, 56행.

47 에피쿠로스, *GV* 25.

48 니스벳-허버드(1970), 69쪽 이하.

49 키슬링-하인제(1917), 53쪽.

50 『서간시』 I 4, 16행 "*Epicuri de grege porcus*".

51 타스키로포울루-서머스Taskiropoulou-Summers(1998), 26쪽 이하. 타스키로포울루-서머스는 이 논문에서 호라티우스가 필로데모스의 학생이었다는 오랜 학술 전통을 만들어낸 전승을 검토함으로써 이를 부정한다. 호라티우스가 필로데모스를 작품에서 언급하긴 하지만, 이것도 학생과 선생 관계를 입증하지 못한다는 주장이다. 그리고 호라티우스의 서정시 I 34를 검토한 렉포드Reckford(1966)의 한 구절을 제시하며 호라티우스의 문학 전체와 에피쿠로스 철학과의 무연관성을 주장한다.

52 프랭켈(1957), 166쪽.

53 웨스트(1998), 90쪽과 니스벳-허버드(1978), 202쪽은 과장된 분노에서 웃음을 읽어낸다. 키슬링-하인제(1917), 227쪽 "솟아나는 격한 분노." 신디쿠스(1972), 420쪽 이하는 "떠들썩한 분노와 경악" "격정적 폭발" "거침없는 험담"이 의도된 과장일 뿐이라고 본다.

54 웨스트(1998) 90쪽 이하. 손님을 집안에서 죽이는 것은 집을 수호하는 신 *Penates* 에게 불경을 저지르는 행위다.

55 『서정시』 III 30, 13~14행.

56 니스벳-허버드(1978), 204쪽.

57 베르길리우스, 『아이네이스』 6권 ,645행 이하 "길게 옷을 늘어뜨린 트라키아 사제는 함께하며 일곱 음계를 구분하여 운율을 맞춰 반주했다. 현금을 때로 손으로, 때로 상아 술대로 뜯었다."

58 키슬링-하인제(1917) 226쪽. 프랭켈(1957) 167쪽 이하 "문학은 그때 그 모든 문학의 영광과 함께 서정시의 핵심 요소이다 *Poetry, then, with all its glory, is the mainspring of the ode*." 신디쿠스(1972), 418쪽 각주 2번에서 언급된 것처럼 '시의 힘'을 이 시편의 주제로 보는 경향이 강하다.

59 설리번(1942), 282쪽.

60 설리번(1942), 282쪽.

61 퀴르노스를 위해 테오그니스는 노래하지만, 퀴르노스는 테오그니스의 노래를 제대로 들으려 하지 않는다. 이런 퀴르노스에게 시인은 그의 일이 불멸의 명성을 얻게 해줄 것임을 알린다. "내 쪽에서는 너에게 날개를 주었고 그 날개들로 너는 가볍게 떠올라 끝없는 바다 위로, 모든 땅 위로 날아 움직이도록 하라. 너는 모든 연회장에, 모든 축제에 참석하게 될 것이다. 너의 이름은 많은 사람의 입에 오르내릴 것이기에. 매력적인 젊은이들이 피리 소리에 맞추어 너를 조화롭고 아름답게 부를 것이다. 네가 언젠가 대지의 어두운 심연으로 내려가 탄식만 들리는 집에 살게 된다 해도. 즉 죽어서도 너는 명예를 잃지 않는 것이다. **너의 이름은 항상 이 세상에서 불멸의 명성을 가지는 것이다.** 퀴르노스여, 너는 그리스 전역을 배회하고, 섬들을 방문하고, 끔찍한 깊이의 넘실거리는 바다를 넘어 가까이 오게 될 것이다. 말안장 위에 앉아 여행하지 않고, 무사 여신들이 준비해 준 화려한 시어들에 실려서. 특히 예술에 전

념하는 모든 사람에게 너는 지금이나 먼 훗날에나 노래가 될 것이다, 태양과 대지가 존재하는 한. 그러나 이런 말을 해주는 나를 너는 조금도 존중하거나 배려하지 않고, 내가 마치 어린아이인 것처럼 항상 말을 막는다." 그런데 여기서 시인은 자기가 아니라 타인에게 불멸의 명성을 제공하는 사람이고, 타인에게 날개를 달아주는 사람이다. 하지만 시인 자신의 불멸성 덕분에 시인이 남에게도 불멸성을 제공하는 것이다.

62 『서정시』 II 13, 13행.

63 키케로, 『아르키아스 변호연설』 X 24 이하 "위대한 알렉산드로스가 자신의 업적에 대한 기록자들을 얼마나 많이 대동하고 다녔는지가 전해집니다. 그럼에도 그는 시게움에 있는 아킬레우스의 무덤에 서서 다음과 같이 말했습니다. '복 받은 젊은이여, 당신은 자신의 훌륭함에 대한 공표자로 호메로스를 찾아냈구려!' 참으로 지당한 말이었습니다."

64 프랭켈(1957), 248쪽은 호라티우스의 이 구절이 영웅 숭배보다는 단순히 시인의 상상력에 의한 것으로 이해하는 쪽을 택한다.

65 니스벳-허버드(1970), 37쪽.

66 『서정시』 III 1, 4행 "소년소녀들에게 노래하노라*virginibus puerisque canto*." 프랭켈(1957), 260쪽 이하.

67 조국을 위한 희생과 헌신은 달콤한 것은 모르겠지만, 명예로운 것으로 여겨졌다. 『일리아스』 2권에서 테르시테스는 전쟁터에서의 죽음을 피하려는 행동 때문에 온갖 추한 비난을 뒤집어쓴다. 또 트로이아의 영웅 헥토르는 "언제나 용감하게 트로이아인들의 선두 대열에 서서 싸우며" 아버지와 그의 명성을 지키도록 배웠기에 물러설 수 없다고 말하며 아내의 설득을 물리친다(『일리아스』 6권, 441행 이하). 튀르타이오스에게 "덕" "인간의 최고 가치" "모든 젊은이가 성취해야 할 가장 훌륭한 것"은 전사戰士적 용기다(12W, 15행 이하). "도시와 공동체 전체에게 공동의 행복을 주는 것은 어떤 사람이 전선 선두에 두 다리로 버텨 동요하지 않고 꿋꿋이 서고, 치욕적인 도주를 완전히 잊어버리는 것, 자신의 삶과 다스려진 의지를 걸고서, 옆 사람을 격려의 말로 힘을 내게 하는 것이다." 또 10W "전선의 맨 앞에서 쓰러져 죽는다면 죽음은 아름답다. 그는 조국πατρίς을 위해 싸운 훌륭한ἀγαθόν 사람

이다." 칼리노스는 젊은이들에게 이렇게 권고하였다(1W). "죽어가며 마지막 힘을 다해 그가 창을 찌르기를! 자식을 위해, 결혼한 여인을 위해, 조국을 위해 싸울 때 나가 싸우니 남자에게 명예와 영광을 줄 것이다." 페르시아 전쟁의 한 전투에서 전사한 병사들의 용맹을 기리는 비문을 지은 것으로 유명한 기원전 6~5세기 시모니데스는 전몰용사들을 이렇게 상찬한다(21E). "테르모퓔라이에서 전사한 사람들에게 죽음은 드높고, 몰락은 아름답고, 그들의 묘는 제단. 비탄 대신 기억, 동정 대신 칭송. 쇠락, 모든 것을 집어삼키는 시간도 훌륭한 남자들의 묘비를 훼손하지 못하며 성스러운 영역에 헬라스의 영광이 거처를 마련했다." 기원전 5세기를 살았던 헤로도토스(1권 30)는 아테나이의 입법자 솔론의 입을 빌려 "이웃 나라와 싸울 때 전투에 참가하여 적군을 패주케 하고는 더없이 아름답게 죽었던" 텔로스를 세상에서 가장 행복한 사람으로 뽑았다. 기원전 5세기 중엽에서 4세기 초까지 살았던 투퀴디데스(1권 42)는 페리클레스의 입을 빌려 전사들의 영웅적 용맹과 헌신을 "인간적인 가치"의 입증이라고 말한다. 전몰용사들은 공동체를 위한 더 큰 선행을 베풀었기 때문이다. 키케로는 『법률론』에서 태생의 조국인 고향도시와 시민권을 누리는 법률상의 조국을 구분하고, 법률상의 조국을 위한 영웅적 희생과 헌신을 다른 무엇보다 앞에 두어야 한다고 강조한다(2권 5). "마찬가지로 우리도 우리가 태어난 곳을 조국으로 삼으면서 우리가 받아들여진 곳을 또한 조국으로 여기지. 그렇더라도 공화국이라는 명칭이 국가 전체에 통하는 그런 조국을 앞세우고 애정을 대할 필요가 있고, 그런 조국을 위해서라면 죽을 수도 있어야 하고, 그런 조국에는 자신을 오로지 헌신해야 하며, 그런 조국에서는 우리 것을 모조리 내놓고 봉헌하다시피 해야 하네. 그렇더라고 우리를 낳아준 조국이 우리를 받아준 조국보다 덜 사랑스러운 것은 아니네."

68 헤시오도스, 『신들의 계보』, 572행 "얌전한 처녀와도 같은 것을 흙으로 빚었던 것이다." 『일들과 날들』, 61행 이하 "물로 흙을 개어 그 안에다 인간의 목소리와 힘을 넣되", 71행 "정숙한 처녀를 닮은 것을 흙에서 빚어냈고."

69 키슬링-하인제(1917), 274쪽. 신디쿠스(1973), 32쪽.

70 『서정시』 IV 9, 46행 이하 "행복한 사람이란 이름에 걸맞은 사람은 신들이

허락하신 재능을 지혜롭고 현명하게 발휘할 줄 알고 힘겨운 가난을 견딜 줄 아는 사람이라. 파렴치한 행동을 죽음보다 못하다 여기며, 소중한 친구들을 위해 혹은 조국을 위해 목숨 버리기를 두려워하지 않는 사람이라."

71 웨스트(1998), 146쪽.

72 『서정시』 IV 2, 25행 이하를 따르면 존경하는 시인 핀다로스를 호라티우스는 백조에 비유한다. "큰바람은 디르케의 백조가 하늘 높은 구름으로 도약할 때마다, 안토니우스여, 창공으로 그를 들어올린다."

73 『서정시』 III 30도 시인의 불멸할 명성을 노래한다. 시인의 죽음 이후에 그의 모든 것이 소멸하는 것은 아니며, 소멸은 극히 일부일 뿐 그의 대부분은 살아남아 죽음의 여신을 피할 것이다.

74 키케로, 『투스쿨룸 대화』 I, XV 34.

75 설리번(1942), 284쪽.

5장

1 W. 예거(1954), 63쪽.

2 사실 호라티우스 시대에 이르러 시인이 교육자적 역할을 수행하는 주된 기회는 축제가 아니라 오히려 출판이었다고 할 수 있다. 『시학』에서 호라티우스는 "글쓰기"에 주목하여 논의를 전개한다. 『시학』, 389행 이하 "없앨 수도 있으니 출판치 않으면. 뱉은 말은 돌이킬 수 없습니다*delere licebit, quod non edideris; nescit vox missa reverti*."

3 몸젠Mommsen(1902), 885쪽.

4 "*saeculare*"는 흔히 백년 단위의 세기를 의미한다. Varro, *LL* vi 11 "그들은 백년의 길이를 세기라고 불렀다. 이는 노인에서 유래한 것인바, 세기는 늙어가는 인간들의 가장 큰 시간 길이이기 때문이었다*Seculum spatium annorum centum vocarunt, dictum a sene, quod longissimum spatium senescendorum hominum id putarunt*." 아우구스투스의 한 세기는 110년이었다. 처음에 백년제는 100년 주기로 거행되었고 명칭도 거기에서 유래한다. 아우구스투스 이후 황제들은 다시 100년 주기의 세기를 거행한다.

5 몸젠(1891/1976), 352~353쪽. 닐슨Nilsson(1920)이 정리한 것에 따르면 기

원후 3세기 문법학자 켄소리누스[Censorinus]와 기원후 5세기의 역사학자 조시모스[Zosimos] 등이 제시하는 백년제 주기는 기원전 456, 346, 236, 126의 110년 주기와 기원전 449, 348, 249, 149의 100년 주기가 나타난다. 110년 주기에 따르면 다음 백년제는 기원전 16년, 100년 주기에 따르면 다음 백년제는 기원전 49년에 개최된다.

6 아우구스투스는 기원전 28년 팔라티움 언덕에 위치한 그의 저택에 승리의 여신 제단과 더불어 아폴로 신전을 건립한다. 최혜영(2015), 371쪽 이하에 따르면 팔라티움의 아폴로 신전은 "로마의 전통적 중지였던 카피톨리움을 능가할 정도의 권위 있는 장소가 되었다." 시뷜라 신탁집도 카피톨리움에서 팔라티움의 아폴로 신전으로 옮겨진다. 최혜영은 논거의 하나로 「백년제 찬가」의 공연이 카피톨리움보다 먼저 팔라티움에서 열렸다는 것을 추가한다.

7 김덕수(2013), 227쪽 이하는 백년제 찬가를 "원수정의 개선행진곡"이라고까지 주장한다. 또한 백년제를 통해 아우구스투스가 "과거가 아니라 다가올 미래를 강조함으로써 기대감과 희망을" 불어넣었다고 백년제를 평가한다.

8 파울러(1910), 146쪽.

9 가제(1931/1972), 17~18쪽 이하.

10 호라티우스의 「백년제 찬가」를 흔히 그렇게 해석되듯, 그리고 어쩌면 아우구스투스 본인도 그렇게 희망하였을지 것인바, 황제 업적 칭송으로 평가되더라도, 우리는 이런 평가가 시인-교육자의 독립성과 병립할 수 있다는 점을 분명히 밝힌다. 이는 서울대학교 영문과 명예교수 이종숙 교수가 칭송도 일종의 교육적 성격을 가진 것임을 고려해야 한다는 조언에 따른 것이다.

11 헤시오도스, 『신들의 계보』, 58~103행 참조.

12 아르킬로코스 1West. 여기서 "능통한[ἐπιστάμενος]"은 시인이 "수공업적 시적 기술"을 배워 익혔음을 분명히 보여준다. 하르더[Harder](1952), 383쪽.

13 아르킬로스코스 단편 120 West "나는 포도주로 마음에 벼락 맞아 왕 디오뉘소스의 아름다운 노래 디튀람보스를 이끌 줄 안다."

14 프랭켈(1993/2011), 568쪽 이하. "그(시모니데스)는 그리스 민족의 축제경기에서 승리를 거둔 남자들과 소년들을 위해 승리의 노래를 지었다." 803쪽 이하에서 프랭켈은 시모니데스가 체육경기 우승자의 찬가에서 인간의 승리

를 부차적으로 다루며, 이를 신들과 영웅들에게 바치는 찬가로서 상세하게 다룬 사실을 적시하면서, 승리의 찬가가 신과 영웅의 찬가에서 변형된 것이라고 말한다. 이런 전통은 시모니데스의 뒤를 잇는 바킬리데스와 핀다로스, 특히 후자에서 매우 강하게 드러난다.

15 프랭켈(1993/2011), 795쪽, 각주 7.

16 예거(1954), 318쪽. "아테나이 민주국가에서 계속 바뀌는 정치 지도자의 헌법적 책임 이상으로 막중하고 강력하다고 사람들이 생각했던 것은 시인-지도자의 책임이었다." 예거는 비극 시인의 이런 책임이 비극의 본원적인 것은 아니며, 아이스퀼로스의 비극을 통해 비로소 형성되었다고 본다.

17 예거(1954), 311쪽.

18 아리스토파네스, 「개구리」, 1501행 이하. 이하 천병희 역 참조.

19 아리스토파네스, 「개구리」, 1009행 이하 '지혜와 조언, 우리가 시민들을 더 나은 사람들로 만들기 때문이오.' '지혜[δεξιότης]'의 해석은 도버[Dover](1997), 9~11쪽을 보라.

20 아리스토파네스, 「개구리」, 1054행 이하 "아이들에게 가르치는 교육자가 있다면, 어른들에게는 시인들이 있으니 말이오."

21 플라톤, 『국가』, 606e2~3 "이 시인이 헬라스를 교육했다." 머레이[Murray](1997), 19쪽, 각주 45.

22 키케로, 『아르키아스 변호연설』 VI 13 이하를 보라.

23 호라티우스, 『시학』, 333~334행 "시인들은 이롭게 하거나 즐겁게 하거나 유쾌하며 인생 도움이 되는 걸 노래하려 합니다[*Aut prodesse volunt aut delectare poetae aut simul et iucunda et idonea dicere vitae*]."

24 호라티우스, 『서간시』 II, i 130행 이하 "선행을 전하여, 자라나는 어린 세대에게 좋은 모범을 들려주며 슬프고 아플 때 위로를 건넵니다[*recte facta refert, orientia tempora notis instruit exemplis, inopem solatur et aegrum*]."

25 키슬링-하인제(1917), 265쪽.

26 프랭켈(1957), 273쪽.

27 키슬링-하인제(1917), 291쪽 이하는 '소박함의 지혜'를 주석하면서 이것이 우선 항복한 적들에 대한 온화한 관용을 의미하며, 65행에서 "절제와 자제

Mäßigung und Selbstbeherrschung"의 덕으로 심화된다고 설명한다.

28 프랭켈(1957), 379쪽 이하는 리비우스 안드로니쿠스가 기원전 207년 공적 종교 행사에서 노래된 행진가를 지었다는 리비우스의 기록을 언급한다. 이런 기록을 받아들여도 호라티우스의 참여는 로마 역사상 두번째에 지나지 않는다. 귄터Günther(2013), 432쪽에 따르면, "문학은 로마에서 공적으로, 기원전 5세기 아테나이 혹은 헬레니즘 시대의 왕정에서 가졌던 역할을 결코 가진 적이 없다."

29 콘테Conte(1994), 418쪽.

30 *CIL* 06, 32323, 91행.

31 닐손Nilsson(1920), 1705쪽 이하.

32 기원후 204년 셉티미우스 세베루스의 백년제 이후에도 몇 번의 다른 계산법에 따른 백년제가 거행된다. 기독교 황제 이후 백년제는 거행되지 않는다.

33 가제(1931/1972), 28쪽.

34 *Sacrificioque perfecto pueri [X]XVII quibus denuntiatum erat patrimi et matrimi et puellae totidem carmen cecinerunt. Eo[dem]que modo in Capitolio. Carmen composuit Q(uintus) Hor[at]ius Flaccus.* *CIL* 06, 32323, 147~149행.

35 파울러(1910), 148쪽. 아우구스투스가 「백년제 찬가」에 들어갈 내용을 산문으로 적어 건넸다고 파울러는 상상한다. 그는 시인이 이를 찬가에 녹여 넣었지만 그럼에도 여전히 산문투를 벗어나지 못한 채 남아있다는 것을 근거로 제시한다. 프랭켈(1957), 318쪽은 아우구스투스가 리비우스 안드로니쿠스 등의 전례에 따라 찬가를 지을 것을 주문하였을 가능성을 검토한다.

36 몸젠(1891/1976), 358쪽, "의문의 여지 없이 이 시는 행진곡이었다*Ohne Frage ist das Gedicht ein Prozessionslied gewesen*." 파울러(1910), 146쪽은 몸젠의 행진가 가설을 부정하고 「백년제 찬가」의 공연장소가 카피톨리움과 팔라티움을 동시에 바라볼 수 있는 장소였다는 가정을 전제로 행진이 아닌 방식으로 공연이 이루어졌을 것으로 생각한다.

37 프랭켈(1957), 366쪽 이하.

38 몸젠(1891/1976), 357쪽 이하.

39 프랭켈(1957), 378쪽 각주 2에 따르면 몸젠의 가설은 이미 1892년 발렌Vahlen에 의해 부정되었고 몸젠의 가설을 되살리려는 1894년 비소바Wissowa의 시도도 성공하지 못했다. 키슬링-하인제(1917), 485쪽도 몸젠의 가설을 부정한다.

40 파울러(1910), 150쪽.

41 오비디우스, 『슬픔의 노래』 III 1, 59행 이하.

42 리처드슨Richardson(1992), 14쪽, 'Apollo Palatinus' 항목 참조.

43 프랭켈(1957), 378쪽 이하.

44 가제(1931/1972), 36쪽.

45 프랭켈(1957), 370쪽 이하.

46 아우구스투스에게 백년제 개최의 근거를 제공한 시빌라 예언서에 따르면 "소년들과 소녀들이 라티움의 파이안을 불러 불멸하는 신들의 신전을 채우게 하라"라고 적혀 있었다. 토머스Thomas(2011), 227~228쪽, *Appendix* 3을 보라.

47 가제(1931/1972), 24쪽은 아폴로(디아나를 포함하여)를 "전달자"로 해석하고자 한다. 가제의 생각에 따르면, 합창대가 전면에 밝게 부각된 아폴로와 디아나에게 기원을 노래하면, 아폴로와 디아나는 뒤에 멀리 서 있는 유피테르에게 전달한다.

48 호라티우스, 『서정시』 III 1, 5~8행.

49 호라티우스, 『서정시』 IV 6, 42행.

50 호라티우스는 백년제의 공연 장면을 그의 시에 다시 기록했다. 호라티우스, 『서정시』 IV 6, 30행 이하. "처녀들아…… 소녀들아…… 레스보스 시인들의 운율에 따라 현을 뜯는 내 엄지손가락을 따르라."

51 *CIL* 06, 32323, 150행.

52 이에 반해 키슬링-하인제(1917)는 "빛나는 하늘의 자랑"이 오로지 달을 가리키는 것으로 본다. 프랭켈(1957), 372쪽 이하는 앞서 포이부스와 디아나를 동시에 부르고 있고, 또 아폴로가 백년제 축제의 주인공임을 들어 "빛나는 하늘의 자랑"을 달과 해로 해석한다.

53 프랭켈(1957), 373쪽.

54 퍼트넘[Putnam](2010), 235쪽. 부활과 재생이라는 핵심 주제는 백년제 기념비에서 확인할 수 있는데 아폴로와 디아나에게 바쳐진 제물이 해산의 여신들*Ilithyiae*에게 바쳐진 제물과 동일함에 주목하게 만든다.

55 호라티우스, 『서정시』 I 2, 21~24행.

56 키슬링-하인제(1917), 488쪽 이하.

57 프랭켈(1957), 374쪽.

58 프랭켈(1957), 375쪽.

59 베르길리우스, 『아이네이스』 1, 257행 이하 "걱정마라. 퀴테레아, 네 자손의 운명은 여전히 그대로니, 약속했던 도시와 라비늄의 성벽을 네가 보리라. 하늘 별자리에 용맹한 에네앗을 네가 높이 세우리라. 내 뜻은 바뀌지 않았노라…… 이탈랴에서 큰 전쟁을 치르고 거친 족속들을 제압하고 백성에게 도리와 도시를 세우리라…… 로물룻은 무리를 모아 마르스 성벽을 세우니 이들을 불러 로마인이라 제 이름을 붙이리라. 이들에게 나는 영토와 세월의 끝을 두지 않고 무궁 광활한 제국을 허락했다…… 영웅 윯루스를 이은 이름, 율리우스 가계에서 귀한 혈통의 트로야 사람 카이사르가 태어나 권세를 오케안에, 명성을 하늘에 떨치리라…… 옛 신의와 베스타, 형제 레무스와 퀴리눗은 국법을 세우리라. 강철 단단한 빗장은 끔찍한 전쟁의 문을 잠그리니. 문 안에 패륜의 광기는 제 사나운 군장에 걸터앉아 수백 청동 사슬에 손은 뒤로 결박되고 피 묻은 입은 신음하리라."

60 이런 의미에서 파울러(1910) 이래로 주장된 유피테르의 퇴장은 설득력을 잃는다.

61 권터(2013), 437쪽.

맺음말

1 『서정시』 II 19, 1~8행.

참고문헌

1. 1차 문헌

디오게네스 라에르티오스(2021), 『유명한 철학자들의 생애와 사상』, 나남.

루크레티우스(2012), 『사물의 본성에 관하여』, 강대진 옮김, 아카넷.

베르길리우스(2013), 『아이네이스』 I, 김남우 옮김, 열린책들.

소크라테스 이전 철학자들(2005), 『소크라테스 이전 철학자들의 단편 선집』, 김인곤 외 옮김, 아카넷.

소포클레스(2008), 『소포클레스 비극 전집』, 천병희 옮김, 숲.

아리스토파네스(2010), 「개구리」, 『아리스토파네스 희극 전집』 2, 천병희 옮김, 숲, 167~264쪽.

아리스토텔레스(2017), 『수사학, 시학』, 천병희 옮김, 숲.

에피쿠로스(1998), 『쾌락』, 오유석 옮김, 문학과지성사.

키케로(2007), 『법률론』, 성염 옮김, 한길사.

______(2015), 『설득의 정치』, 김남우 외 옮김, 민음사.

______(2022), 『투스쿨룸 대화』, 김남우 옮김, 아카넷.

______(2015,), 「아르키아스 변호연설」, 『설득의 정치』, 김남우 외 옮김, 민음사, 229~254쪽,

______, 『티마이오스』, 김유석 옮김, 미출간 원고.

플라톤(1997), 『국가』, 박종현 옮김, 서광사.

______(2000), 『티마이오스』, 박종현 · 김영균 옮김, 서광사.

______(2013), 『파이돈』, 전헌상 옮김, 이제이북스.
______(2020), 『소크라테스의 변명』, 강철웅 옮김, 아카넷.
헤로도토스(2009), 『역사』, 천병희 옮김, 숲.
헤시오도스(2004), 『신통기』, 천병희 옮김, 한길사(=2009, 『신들의 계보』, 숲)
호라티우스(2016), 『카르페 디엠』, 김남우 옮김, 민음사.
______(2016), 『소박함의 지혜』, 김남우 옮김, 민음사.
______(2019), 『호라티우스의 시학』, 김남우 옮김, 민음사.
호메로스(2006), 『오뒷세이아』, 천병희 옮김, 숲.
Aristophanes(1997), *Frogs*, ed. K. Dover, Oxford.
Callimachus(1953), *Callimachus*, ed. R. Pfeiffer, vol. 2, Oxford.
Cicero(1922), *M. Tulli Ciceronis Academicorum reliquiae cum Lucullo*, ed. O. Plasberg, Teubner.
______(1938), *De divinatione, de fato, Timaeus*, W. Ax, Teubner.
______(1982), *De oratore*, ed. A. S. Wilkins, Oxford.
______(1969/2013), *De Re Publica*, ed. K. Ziegler, Teubner.
______(2006), *De Re Publica*, ed. J. G. F. Powell, Oxford.
ed. E. H. Warmington(1956), *Remains of old Latin* 1, Harvard university press.
______(1967), *Remains of old Latin* 3, ed. E. H. Warmington, Harvard university press.
Epicuros(1887), *Epicurea*, ed. H. Usener, Leipzig.
______(1972), *Opere*, ed. G. Arrighetti, Torino.
Hesiod(1978), *Works and Days*, ed. M. L. West, Oxford.
Horatius(2001), *Q. Horatius Flaccus Opera*, ed. D. R. Shackleton Bailey, Teubner: Berlin.
J. M. Edmonds(1963), *Lyra Graeca*, Harvard Univ. Press(E로 약자).
ed. M. L. West(1971), *Iambi et Elegi Graeci*, Oxford.
Pindaros(1947), *Pindari carmina*, ed. C. M. Bowra, Oxford.
Quintilianus(2001), *Institutio oratioria*, ed. D. A. Russell, Harvard univer-

sity press.

2. 연구 논문

강대진(2012), 『오뒷세이아, 모험과 귀향, 일상의 복원에 관한 서사시』, 그린비.

김덕수(2013), 『아우구스투스의 원수정 : 로마공화정에서 제정으로』, 길.

김헌(2016), 『그리스 문학의 신화적 상상력』, 서울대학교출판문화원.

김활란(2016), 「세기제의 성격과 아우구스투스의 종교 정책」, 『서양고전학연구』 55, 211~238쪽.

이종숙(2015), 「햄릿의 죽음: 유령이 말한 것」, 『중세의 죽음』, 서울대학교중세르네상스연구소 지음, 산처럼.

이태수(1993), 「『아이네이스』 6권에 나타난 로마인의 가치관」, 『서양고전학연구』 7, 203~231쪽.

최병조(1995), 『로마법연구』 1, 서울대출판부.

최혜영(2015), 「아폴로 팔라티움 신전과 옥타아누스의 아폴로 숭배」, 『역사교육논집』 54, 353~381쪽.

Ableitinger(1972), D., "Die Aeneassage im Carmen Saeculare des Horaz", *WS* 6, pp. 33~44.

Amundsen(1972), L., "Die Römeroden des Horaz", H. Oppermann(Hg.), *Wege zu Horaz*, Darmstadt, pp. 111~138.

Arnold(1986), B., "A Reevaluation of the Artistry of Horace's Carmen Saeculare", C. Deroux(hrsg.), *Studies in Latin Literature and Roman History* IV, Bruxelles, pp. 475~491.

Barker(1996), D., "The Golden Age Is Proclaimed? The Carmen Saeculare and the Renascence of the Golden Race", *CQ* 46, pp. 434~446.

Boyce(1941), A. A., "Processions in the Acta Ludorum Saecularium", *TPAPh* 72, pp. 36~48.

Bridge(1947), J., "Dulce et Decorum Est Pro Patria Mori", *The classical Journal* 42, pp. 340+350+367.

Brink(1963), C. O., Horace on poetry : *Prolegomena to the literary epistles*,

Cambridge university press.

Brink(1971), C. O., *Horace on Poetry : The Ars Poetica*, Cambridge university press.

Büchner(1939), K., "Altrömische und horazische Virtus", Antike 15, 145~164 =*Römische Wertbegriffe*, Darmstadt, 1967, 376~401.

Conte(1994), G. B., *Latin Literature, a history*, Johns Hopkins univ. press.

Coffey(1976), M., *Roman satire*, Bristol classical press.

Dahlmann(1964), H., "Horatius, c. I. 38", *Interpretationen, Gymnasium Beih*. 4, Heidelberg, pp. 47~55.

Doblhofer(1977), E., "Eine wundersame Errettung des Horaz. Versuch einer Modellinterpretation von c. 1. 22", *AU* 20/4, pp. 29~44.

Dohlhofer(1992), E., *Horaz in der Forschung nach 1957*, Darmstadt.

Ferriss-Hill(2015), J., *Roman satire and the old comic tradition*, Cambridge University press.

Fowler(1910), W. W., "The Carmen Saecvlare of Horace and Its Performance, June 3 B. C. 17", *CQ* 4, pp. 145~155.

Fraenkel(1957), Ed., *Horace*, Oxford.

Frank(1921), T., "The carmen saeculare of Horace", *AJPH* 42, pp. 324~329.

Fränkel(1993), H., *Dichtung und Philosphie des frühen Griechentums*, München(한국어판: 헤르만 프랭켈, 『초기 희랍의 문학과 철학』 I과 II, 아카넷, 2011.)

Gagé(1931/1972), J., "Beobachtungen zum carmen saeculare des Horaz", 1931, übersetzt von H. Froesch, *Wege zu Horaz*, Darmstadt, pp. 14~36.

Galinski(1967), G. K., "Sol and the Carmen Saeculare", *Latomus* 26, pp. 619~633.

Gold(1993), B. K., "Mitte sectari, rosa quo locorum sera moretur: time and nature in Horace's odes", *CPh* 88, pp. 16~31.

Gowers(2012), E., *Horace satires book* 1, Cambridge University Press.

Günther(2013), H.-C., "the carmen saeculare", Günther, H.-C.(ed.) *Brill's Companion to Horace*, Leiden, pp. 431~443.

Harder(1952), R. "Zwei Zeilen von Archilochos", *Hermes* 80, pp. 381~384.

Henderson(1951), J.(ed), *M. Terentius Varro, de lingua Latina*, Harvard Univ. Press.

Hommel(1968), H., "DULCE ET DECORUM...", *Rheinisches Museum für Philologie* 111, pp. 219~252.

Hope(2009), V. M., *Roman death*, Continuum.

Hunter(1985), R. L., "Horace on friendship and free speech", *Hermes* 113, pp. 480~490.

Jaeger(1954), W., *Paideia* I~II, Berlin.

Kaus(1997), E., "rapidos morantem fluminum lapsus. Dichter und Staat in Hor. c. I 12", *Gymnasium* 104, pp. 203~225.

Keane(2006), C., *Figuring genre in Roman satire*, Oxford University Press.

Kiessling, A.-Heinz, R.(1917/1968), *Q. Horatius Flaccus, Oden und Epoden*, Berlin.

Knoche(1972), U., "Über Horazens satirische Dichtung: Witz und Weisheit", *Wege Zu Horaz*, Hans Oppermann(hrg.), Darmstadt, pp. 196~219.

Kogelschatz(1975), H. D., *Die Idee der Armut bei Horaz*, Freiburg.

Lafleur(1981), R. A., "Horace and Onomasti komodein: the law of Satire", *ANRW* 31.3, 1823쪽 이하.

Latte(1935), K. "eine Ode des Horaz(II. 16)", *Philologus* 90, pp. 294~304.

Lefèvre(1977), E., "Epikur und der Wolf im sabinerwald. Gedanken zu Horaz carm. 1. 22", *GIF* 29, 156~171.

Landmann(1961), M. M., "Die Aufteilung der Chöre im Carmen Saeculare", *Aparchai*, Gedenkschr. Lohde, Tübingen, pp. 173~179.

Levin(1968), D. N., "Horace's preoccupation with death", *the classical journal* 63, pp. 315~320.

Liebermann(1971), W.-L., "Die Otium-Ode des Horaz(c. II. 16)", *Latomus* 30, pp. 294~316.

Lowrie(2007), M., "Horace and Augustus", S. Harrison(ed), *the Cambridge companion to Horace*, Cambridge University press, pp. 77~89.

Merkelbach(1961), R., "Aeneas in Cumae", *MH* 18, pp. 83~99.

Mommsen(1891/1976), Th., "Die Akten zu dem Säkulargedicht des Horaz"(1891.12.9.), *Reden und Aufsätze*, Hildesheim.

Mommsen(1902), Th., *Römische Geschichte, Bis zur Schlacht von Pydna*, Bd. 1., Leipzig.

Murray(1997), P., *Plato on poetry*, Cambridge Univ. press.

Nilsson(1920), N. "Saeculares ludi", *RE*, 1 A2, pp. 1696-1720.

Nisbet, R. G. M. - Hubbard, M.(1970), *A Commentary on Horace: Odes, Book* 1, Oxford.

Nisbet, R. G. M. - Hubbard, M.(1978), *A Commentary on Horace: Odes, Book* 2, Oxford.

Nisbet, R. G. M. - Rudd, N.(2004), *A Commentary on Horace: Odes, Book* 3, Oxford.

Norden(1998), E., *Die Römische Literatur, Mit Anhang: Die lateinische Literatur im übergang vom Altertum zum Mittelalter*, B. Kytzler(hrsg.), Teubner.

Poiss(1992), Th., "Plenum opus aleae. Zum Verhältnis von Dichtung und Geschichte in Horaz carm. 2, 1", *WS* 105, pp. 129~153.

Pöschl(1956), V., "Die Curastrophe der Otiumode des Horaz(c. 2, 16, 21~24)", Hermes 84, pp. 74~90. = *Horazische Lyrik. Interpretationen*, Heidelberg, 1991, pp. 118~143.

Putnam(2010), M., "The Carmen Saeculare", G. Davis(ed.) *A Companion to Horace*, Blackwell, pp. 231~249.

Rahn(1970), H., "Zum Carmen Saeculare des Horaz", *Gymnasium* 77, pp. 467~479.

Rantala(2017), J., *The Ludi Saeculares of Septimius Severus: The Ideologies of a New Roman Empire*, Routledge.

Reckford(1959), K. J., "Horace and Maecenas", *TAPhA* 90, pp. 195~208.

Richardson(1992), L. jr., *A new topographical dictionary of ancient Rome*, the Johns Hopkins Univ. press.

Savage(1968), J. J. H., "The Aurea Dicta of Augustus and the Poets", *TPAPh* 99, pp. 401~417.

Schmidt(1985), L., "Horaz' Säkulargedicht – ein Prozessiongedicht", *AU* 28/4, pp. 42~53.

______,(1997), E. A., *Sabinum. Horaz und sein Landgut im Licenzatal*, Heidelberg.

Schulze(2001), Ch., "Zur Sonderstellung von Horazens carmen 3.1 innerhalb des Römeroden Zyklus", *Hermes* 129, pp. 377~385.

Snell(1965), B., *Dichtung und Gesellschaft*, Hamburg.

______,(1975), B., *Die Entdeckung des Geistes*, Göttingen.

Solmsen(1947), F., "Horace's first Roman ode", *AJPh* 68, 377~352.

Steuart(1925), E. M., *The Annals of Quintus Ennius*, Cambridge.

Stoecklein(1982), A., "Ehrenvolle Ruhe", *Festschr. Mohammed Rassem*, Berlin, pp. 199~218.

Sullivan(1942), F. A., "Horace and the afterlife", *Classical Philology* 37, 275~287.

Syndikus(1973), H. P., *Die Lyrik des Horaz* II, Darmstadt.

Taskiropoulou-Summers(1998), A., "Horace, Philodemus and the Epicureans at Herculaneum", *Mnemosyne* 51, 20~29.

Taylor(1934), L. R., "New Light on the History of the Secular Games", *AJPH* 55, pp. 101~120.

Thomas(2012), R. F., *Horace, odes book IV and carmen saeculare*, Cambridge univ. press.

Williams(1962), G., "Poetry in the Moral Climate of Augustan Rome", *The*

Journal of Roman Studies 52, pp. 28~46.

Winterbottom(1976), M., "urbanitas", *The Classical Review* 26, 59~60쪽.

Voit(1975), L., "Das Sabinum im 16. Brief des Horaz", *Gymnasium* 82, 412~426.

Zanker(2010), A. T., "Late Horatian lyric and the virgilian golden age", *AJPh* 131, pp. 495~516.

Zumwalt(1975), N. K., "Horace, c. 1.22: Poetic and Political Integrity", *TAPhA* 105, pp. 417~431.

위대한 순간 009
가난과 은둔의 현자 호라티우스

초판 인쇄 2022년 9월 26일
초판 발행 2022년 10월 6일

지은이 —— 김남우
펴낸이 —— 김소영

책임편집 —— 이경록
디자인 —— 장원석
마케팅 —— 정민호 이숙재 박치우 한민아 이민경 안남영 김수현 정경주
브랜딩 —— 함유지 함근아 김희숙 박민재 박진희 정승민
제　작 —— 강신은 김동욱 임현식
제작처 —— 천광인쇄사

펴낸곳 —— (주)문학동네
1993년 10월 22일 제406-2003-000045호
주소 10881 경기도 파주시 회동길 210
전자우편 editor@munhak.com
대표전화 031)955-8888　팩스 031)955-8855
문의전화 031)955-3578(마케팅), 031)955-3572(편집)
문학동네 카페 http://cafe.naver.com/mhdn
인스타그램 @munhakdongne
트위터 @munhakdongne
북클럽문학동네 http://bookclubmunhak.com

ISBN 978-89-546-8868-0 03890

* '위대한 순간'은 연세대학교 인문학연구원과 문학동네가 협력해 펴내는 인문교양 총서입니다.

* 잘못된 책은 구입하신 서점에서 교환해드립니다.
기타 교환 문의: 031) 955-2661, 3580

www.munhak.com